힘을 낼 수 없는데
힘을 내라니

힘을 낼 수 없는데 힘을 내라니

고태희 지음

잘 살려고 애쓸수록
우울해지는 세상에서 사는 법

현대
지성

모범생이 되면 행복할까. 슈퍼우먼이나 알파걸이 되면 좋은 것일까. 심리학을 공부하면서 인간은 결코 '성취'만으로는 행복해질 수 없다는 것을 깨달았다. 성취감은 약효가 짧은 진통제와 같아서, 그 지속 효과가 오래 가지 못한다. 게다가 성취감만으로는 트라우마를 치유할 수 없다. 이 책의 저자는 모범생이고 슈퍼우먼이고 알파걸이었지만 끝내 그 성취감만으로는 극복할 수 없었던 트라우마를 정직하게 대면한다. 이 책은 유리그릇보다 더 깨지기 쉬운 우리의 자존감을 회복하는 길은 결국 진심 어린 사랑과 정성스런 보살핌, 나아가 내 문제를 스스로 깨닫기 위해 끝없이 공부하고 배우는 삶임을 감동적으로 증언하고 있다.

화려한 성취감이 아닌 소박한 일상의 보살핌과 책 속의 지혜를 통해 조금씩 '충만한 삶'을 향해 천천히 노 저어 가는 저자의 노력에 박수를 보낸다. 트라우마를 극복하는 것이 왜 이렇게 어려운지, 아무리 노력해도 왜 상처로부터 벗어나는 것이 이토록 어려운지, 이런 마음 때문에 아프고 외로운 당신의 머리맡에 이 책을 놓아드리고 싶다. 우리는 다른 장소에 있지만 함께 비슷한 아픔을 겪고 있다고. 당신은 결코 혼자가 아니라고. 타인뿐 아니라 스스로를 응원하고 보살피는 따스한 마음으로 우리가 이 기나긴 아픔의 터널을 통과할 수 있기를.

— 정여울, 『나의 어린 왕자』, 『나를 돌보지 않는 나에게』 저자

아무리 열심히 걸어도 빠져나올 수 없는 검고 무겁고 깊은 늪 속을 휘적휘적 걷고 있는 기분, 그 어둠에 내 심신이 물들어 아무리 씻으려 해도 씻어낼 수 없는 기분. 끝내 나는 공포에 빠진다. 내가 너무 깊은 우울에 빠져 도저히 헤어 나올 수가 없으면 어떻게 하지? 이 우울의 유전자가 내 자식들에게도 전해졌다면 어떻게 하지? 이 책을 읽으면서 많은 것을 배웠다. 우울이라는 병을 어떻게 다루어나가야 하는지를, 이해할 수 없는 병에 걸린 사랑하는 이를 위한 노력은 어느 쪽으로 향해야 하는지를, 무엇보다 자신을 진실로 아끼고 배려한다는 것이 어떤 것인지를. 힘을 낼 수 없을 때는 힘을 내지 않아도 좋다는 작가의 깊고 촘촘한 이야기를 언젠가 도래할 어둠의 시간을 위해 오래오래 간직해두고 싶다.

— **한수희**, 『무리하지 않는 선에서』, 『온전히 나답게』 저자

이 이야기는
우울증을 완치한 이야기가
아니다.

한 순간의 선택으로
조울의 파도를 타야 했던 나는
아직 그 바다를 완전히 벗어나지 못했다.
이 책에서 어떻게 우울증을 극복했는지를
기대했다면 조금 실망할지도 모른다.

다만,
나의 이야기는 성취가 선(善)인 세상에서
힘겹게 살아가는 당신에게
작은 위로를 건넬 수 있을 것이다.

한때 무언가를 해내야만
존재가 빛난다고 생각했던 나였다.

지금은 아무것도 아닌 존재가 되어

하루를 흘려보내지만,

나는 조금씩 배우는 중이다.

초라한 마음을 안고도 살아가는 방법과

힘을 빼고 살아가는 방법을 말이다.

힘을 낼 수 없는데 힘을 내라는

세상의 응원에 조그맣게 답하고 싶다.

우리는 그저 살아 있는 것만으로도

충분하다고.

힘내라는 말 대신
듣고 싶은 말

아빠와의 관계가 개선된 계기는 나의 대학원 진학이었
다. 당신이 못 간 '서울대'를 가고 나서야 아빠는 날 인정
했다. 박사 타이틀은 자존감을 높여주었다. 집에서 뿐만
아니라 사회에서도 나를 바라보는 시선이 달라졌다. 운
좋게 졸업과 동시에 취업도 되었다. 박사 과정 중 참여한
산학 장학생 제도 덕택이었다. 나는 포스코의 연구소로
바로 입사했다. 부모님은 날 자랑스러워했고 내 인생은
순조로웠다.

회사에 입사하고 나서도 '서울대'의 영향력은 컸다. 비록 학부는 서울대가 아니지만, 석박사 과정을 서울대에서 마친 것만으로도 충분히 어깨를 으쓱일 수 있었다. 나는 직급이 아닌 박사님으로 불렸다. 포스코를 박차고 나와 창업 초기 기업에 들어갔을 때도 여전히 '고 박사님'이었다. 사장님까지도 그렇게 불렀다.

그러나 2018년 조울증 판정을 받고 나서는 모든 것이 달라졌다. 회사를 더 다닐 수 없었고 내가 할 수 있는 것은 아무것도 없었다. 그저 집 안에서 무릎을 잡고 앉아 있는 것 외에는 말이다. 지금까지 해오던 일은 모래알같이 사라졌고 나는 아무것도 아닌 존재가 되어버렸다. 그런 내가 싫어 매일 울었고 울고만 있는 내가 또 싫어 화를 냈다.

다시 취업 자리를 알아보았지만 높은 학력은 오히려 걸림돌이 되었다. 나는 쓸데없이 학력만 높은 경력 단절자일뿐이었다. 그렇게 하루하루가 흘러갔고 점점 자신감을 잃어갔다.

내게 찾아온 우울증이라는 불청객을 주변 사람들은 아무도 믿지 않았다. 대신 직장을 그만두고 두문분출하며 한없이 쪼그라들어가는 모습을 보고 한마디씩 했다. 운동이 좋다더라, 의사 말은 다 믿으면 안 된다더라, 약은 가급적 먹지 않는 것이 좋다더라 등 각자 주위들은 말을 했다.

사람들은 우울증을 의지의 문제라고 생각했다. 마음을 굳게 먹으면 충분히 이겨낼 수 있는, 한 일주일 앓고 나면 툭툭 털어낼 수 있는 감기 같은 것으로 여기고 있었다. 날 이해하는 사람이 없다는 외로움에 도저히 이 늪에서 빠져나갈 자신이 더욱 없어졌다.

우울증에 걸리고 나니 세상 사람들을 두 종류로 분류할 수 있었다. 우울증에 걸려본 적이 있는 사람, 그리고 걸려본 적이 없는 사람. 우울증에 걸려본 적이 없는 사람은 우울증 환자를 절대 이해하지 못한다. 그들이 기껏 건네는 말은 "힘내" 정도인데, 이것은 나에게 전혀 도움이 되지 않았다. 오히려 힘을 내고 있지 못하는 내 모습을 보며 더 깊은 우울로 빠져들게 하는 주문 같은 말이었다.

우울증이라는 긴 터널을 지나 해사하게 웃고 있는 사람들의 경험담을 보기도 했다. 어떻게 이 늪에서 빠져나왔는지 궁금해서 그들의 이야기에 귀 기울여보았지만,

꽃 힘을 낼 수 없는데 힘을 내라니

마치 무용담 같았다. 우울이라는 괴물을 이겨낸 용사의 이야기였다. 나는 자신이 없었다. 그럴 힘도 없었다. 책을 덮어버리고 이불을 뒤집어썼다. 그런 이야기를 읽을수록 오히려 패배감에 젖었다. 나는 지금 여기서 무얼 하고 있는 것인지, 이렇게 하루를 소모하면서 살아도 되는 것인지, 언제까지 이런 상태로 지내야 하는 것인지 모든 것이 막막했다. 불쑥불쑥 튀어나오는 우울을 약으로 누르며 매일 살얼음판을 걸었다.

존재의 이유에 대해 번민하던 나에게 남편은 말했다. "태어났으니 사는 거야. 그게 다야. 뭐가 더 필요해?" 그랬다. 나는 태어났으니 살고 있는 것이었다. 꼭 무언가를 이루어야 할 필요는 없는 것인데 나는 성취에 쫓겨 나를 잃어가고 있었다.

어린 시절부터 지금까지 남에게 어떻게 보일지 신경 쓰며 살아왔다. 다른 사람의 의견과 칭찬에만 초점을 맞추다 보니 내가 진정으로 원하는 것이 무엇인지 잊고 살았다. 잘한다는 소리를 들어야 안심이 되었고 믿는다는 소리를 들어야 힘이 났다. 부담될 때도 있었지만 결과가 좋아 그들이 만족하는 모습을 볼 때면 마음이 편해졌다.

그것은 나의 행복이 아니었다. 안도감일 뿐이었다. 안도감은 불안을 잠시 잊게 할 뿐 행복을 주지 않았다. 옅은 안도감이 사라지고 나면 나는 또다시 목표를 찾아 헤매고 그것을 향해 뛰었다.

고(故) 신해철은 "우리 인생의 목적은 태어나는 것이었고, 우리는 그 목적을 다했기 때문에 남은 인생은 보너스 게임입니다. 그리고 이 보너스 게임의 목적은 행복해지는 것입니다"라고 했다. 나는 지금까지 보너스 게임을 그럭저럭 잘 해왔다. 지금은 게임 한 판 진 것이라고 생각하면 그만이다. 이번엔 졌으니 잠시 쉬면 되는 것이다.

이렇게 나의 치부를 글로 남기는 것은 내가 살아가고 있음을 확인하기 위해서다. 나를 면밀히 바라보고, 나의 아픔을 남기고, 경험을 나누다 보면 폐허가 되어버린 내 삶에 다시 꽃이 필 것이라고 믿는다. 세상의 시선을 따라 분주하게 뛰어다니던 나를 버리고 오롯이 내 행복을 위해 살고 싶어서 글을 쓰기로 했다. 곪은 상처를 토해내고 나면 다시 발을 내딛을 수 있을 것이다.

조울증이 나를 덮친 이후로 크고 작은 조울을 건너왔다. 죽음의 문턱까지도 다녀왔고 자해도 여러 번 했다.

💭 힘을 낼 수 없는데 힘을 내라니

처음에는 조울과 싸우려고 덤볐으나 이제는 평화협정을 맺고 조심스레 함께 가려고 한다. 불안감 속에서 무언가를 이루어내기 위해 고군분투했던 나를 버리고, 아직 곁에 옅게 남아 있는 우울을 친구 삼아 하루를 잘 살아내는 고태희가 되려고 한다. 세 끼 밥을 잘 먹고, 운동도 하고, 간식을 달라고 조르는 고양이를 쓰다듬으며 하루를 마쳐도 행복한 내가 되려고 한다.

불청객으로 찾아온 이 우울증은 어쩌면 그동안 남의 시선으로 쌓아 올린 성을 모두 없애고, 나만의 행복으로 다시 성을 쌓으라는 말을 하고 싶은지도 모른다. 나는 나와 같은 늪에 빠진 사람들에게 힘을 내라고 말하고 싶지 않다. 대신 행복하자고 말하고 싶다.

우리, 행복해집시다.

고태희

차
례

1

그렇게 멀고 긴 항해는 시작되었다.
부모도, 친구도, 고양이도 함께 가지 않고
물 밖에서 나를 바라볼 뿐이었다.
작은 조각배에 몸을 실은 채 나는
그들을 향해 괜찮노라고 소리를 질렀지만
닿기나 했을지 모르겠다.

우울증이라는 불청객

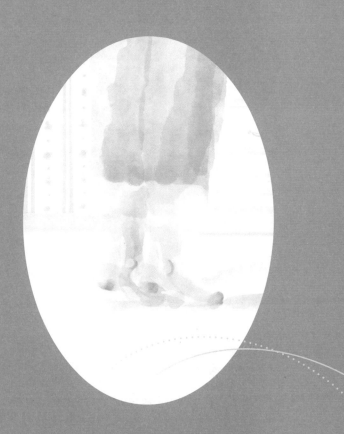

일러두기

1. 저자가 걸린 질병의 이름은 '2형 양극성 정동장애'로 우리가 흔히 조울증이라고
   부르는 것이다. 조울증에는 1형과 2형이 있는데 1형은 조증과 울증이 번갈아 나
   타나고, 2형은 그보다 가벼운 경조증과 울증이 번갈아 나타난다.
2. 조울증을 심한 감정 기복과 혼동하기도 하는데, 이는 전혀 다른 증상이다. 단순
   한 감정 기복은 증상 발현 후 몇 시간 혹은 하루 안에 끝나지만 조울증은 몇 개
   월 주기로 감정이 변한다.
3. 일반적으로 조울증은 우울증보다 병의 정도가 한 단계 깊어진 상태이지만, 이
   책에서는 조울증과 우울증이라는 용어를 혼용해서 사용하고 있다.

나는
살아남았다고 한다

나는 그날 죽으려 했다. 정확히 말하면 죽으려 했다고 한
다. 이 문장이 더 정확한 이유는 그날 하루의 기억이 나
에겐 없기 때문이다. 저 멀리서 기차가 점점 다가오다 기
적을 울리듯 아득하게 눈을 뜬 내게 친구는 좀 어떠냐고
말을 걸었다. 그 몇 마디가 망치가 되어 내 머리를 내리
쳤다. 질문에 답을 해야겠다고 생각했지만 내 상태가 어
떤지 알 수 없었다. 생각을 하려니 두개골 한가운데로 찌
릿하며 전류가 흘렀다.

"여기 어디야?"

"집이지. 부모님도 오셨어."

"왜 오셨어?"

내가 부르지 않았는데 부모님이 이 집에 왔다는 것은 좋은 징조가 아니다. 부모가 딸 집에 오는 것이 뭐가 문제냐 싶겠지만 나와 부모님의 관계는 그것이 어떤 징조일 만큼, 살가운 관계가 아니다. 엄마뿐 아니라 감정표현이 서툰 아빠까지 와서 지금 거실에 앉아 있다니 당황스러웠다.

때마침 두통이 토사처럼 밀려들어 머릿속은 점점 혼란해졌다. 납덩이 같은 팔을 겨우 들어 이마를 짚은 순간 엄청난 이물감을 느꼈다. 거칠고 메말랐지만 상당한 두께감이 느껴졌다. 완고한 탄력도 함께 전해졌다. 붕대였다. 손으로 따라가 보니 오른쪽 눈을 가린 채 머리 전체에 둘러 있었다.

"이게 뭐야? 뭐가 어떻게 된 건지 말 좀 해봐."

"어제 너 죽으려고 했어. 미친 거지…. 거기서 뛰어내리다

💬 힘을 낼 수 없는데 힘을 내라니

니. 나 없었으면 어쩔 뻔했어? 생각은 나냐?"

내가 죽으려 했다는 말은 동네 아줌마들의 시답잖은 수다의 일부분처럼 의미 없이 들렸다. 오히려 그 말보다 '어제'라는 단어가 귀에 걸렸다.

9

나는 분명 소파에 앉아서 텔레비전을 보고 있었다. 유명 연예인의 자살 소식이 보도 중이었고 난 무심히 마시던 커피잔을 내려놓았다. 그녀를 실제로 본 적은 없지만, 텔레비전이나 영화에서 만난 그녀는 자살은커녕 도리어 많은 사람의 걱정을 들어주고 위로해주며 살고 있을 것 같은 사람이었다. 그녀의 얼굴 어디에서도 검은 죽음의 일면 따위는 찾을 수 없었는데…. 톱스타는 아니었기에 뉴스의 비중이 크지 않았지만, 나에게는 큰 충격으로 다가왔다.

감정의 중심을 놓친 나는 예비약을 넣어두는 서랍으로 갔다. 서랍을 열면 제일 먼저 눈이 가는 정중앙에 하얀 약통을 놓아두었다.

안에는 아기 병아리 같은 노란색의 작은 알약이 들어 있다. 나는 작은 알약 한 알을 손에 털어 물과 함께 삼켰다. 그리고 말 잘 듣는 초등학생처럼 소파에 앉아 무릎에 손을 얹었다. 심장은 바들바들 떨며 뛰기를 멈추지 않았다. 생전에 환히 웃는 그녀의 모습이 눈앞에 아른거렸고 그 웃음에 맞추어 내 위장이 꿈틀거렸다. 한 알로 진정시키기엔 무리였다. 난 다시 서랍으로 가기 위해 일어났다.

여기까지다. 내 기억은 여기에서 멈추어 그 끝을 나풀거리고 있었다. 옆에 놓인 휴대전화의 날짜를 보고 나서야 잃어버린 하루를 실감했다. 혹시 몰라 인터넷에 접속해 포털 사이트의 뉴스 게시 날짜까지 확인했다. 하루라는 시간이 온데간데없어졌다. 친구는 아직도 가라앉지 못한 흥분을 뿜어내며 내가 뛰어내렸다는 이야기를 몇 번에 걸쳐서 반복했다. 그러나 기억에 남아 있지 않은 죽음의 문턱은 아무 두려움을 주지 못했다. 뉴스를 통해 듣는 그녀의 죽음이 오히려 선명하게 다가왔다.

친구의 부축을 받으며 거실로 나갔다. 창을 통해 들어온 오후 햇살이 검은 마룻바닥을 넓게 핥고 있었다. 평소

💬 힘을 낼 수 없는데 힘을 내라니

대로라면 그 헛바닥 위에 고양이들이 있어야 했지만, 부모님의 예고 없는 출현으로 모두 꽁꽁 숨어버렸다. 부모님과 눈이 마주친 나는 무슨 말을 해야 할지 떠오르지 않아 그냥 눈을 감았다. 나도 고양이들과 함께 소파 밑으로, 냉장고 위로 숨고 싶었다. 부모님도 마찬가지인 모양이었다. 험한 꼴을 한 딸에게 어떤 말을 해야 할지 몰라 애꿎은 쿠션만 정리하고 있었다.

"뇌에는 이상이 없을 거라고 하더라. 흉터는 좀 남을 거고."

아빠가 납덩이처럼 가라앉은 목소리로 몇 마디 했다. 나는 작게 "응"이라고만 대답했다. 엄마의 입가에는 묻고 싶은 말들이 터져 나올 듯 매달려 있었지만, 아빠의 충고가 있었는지 엄청난 의지로 참고 있는 것이 보였다. 그 수고를 조금이라도 덜어주기 위해 나는 중얼거렸다.

"나도 잘 모르겠어. 기억이 안 나."

사실이었다. 거실 한가운데 서 있는 나는 지금 이 상황이 꿈일지도 모른다고 생각했다. 그러나 목이 마른 것을 보니 꿈은 아닌 듯했다. 냉장고에서 물을 꺼내 마시다 휘청거리는 날 용케 잡아챈 엄마는 나를 다시 방으로 밀어넣으며 배는 고프지 않은지 어디 불편한 데는 없는지 물었다.

"그냥 누워 있고 싶어. 머리가 너무 아파."

엄마는 많은 말이 생략된 한숨과 함께 이불을 목까지 덮어주고 나갔다. 닫힌 문 사이로 친구와 부모님의 대화가 뭉개져 들려왔다. 한마디도 알아들을 수가 없었다. 청각에 이상이 생긴 것이 아니길 빌면서 잠을 청했다. 그러나 잠자리에 들 수 없었다. 없어져 버린 하루가, 사라진 내 기억이 충격으로 나를 각성시켰다. 침대에 누워 있는 것이 너무 비현실적이었다. 내가 정말 살아 있는 것인지도 불분명하게 느껴졌다. 1층으로 내려가서 거실에 있는 사람들에게 물어보고 싶었지만 그것은 너무 불손한 행위인 것 같아 그만두기로 했다. 대신 붕대를 눌러 통증을

💭 힘을 낼 수 없는데 힘을 내라니

느껴보는 것으로 살아 있음을 확인했다.

나는 살아 있었다. 다행이었다.

성균관대학교 의과대학 교수 임세원에 따르면 자살은 세 단계를 거쳐 일어난다고 한다. 자살을 생각하고, 자살을 계획하고, 자살을 시도하는 것이다. 자살을 생각하는 단계의 시간이 가장 길고 또 이를 겪는 사람의 수도 많다. 한 번쯤 자살을 생각하는 사람이 인구의 20퍼센트 정도라고 하니, 내 주변 다섯 명 중 한 명은 자살을 생각해본 적이 있다는 뜻이다. 물론 여기서 자살을 계획하는 단계로 넘어가는 사람의 수는 훨씬 적다. 이때 다음 단계로의 진행할 가능성을 키우는 트리거는 우울증과 음주다.[1]

나는 자살 계획이 없었다. 끝도 없이 가라앉는 기분에 내가 죽어야만 이 지루한 싸움이 끝나나 보다 하고 생각한 적은 있지만, 구체적으로 자살에 대해 생각한 적은 없었다. 하지만 술은 계획 단계를 건너뛰고 실행으로 즉시 옮기게 했다.

이 일을 계기로 나는 과음을 하지 않는다. 술에 취하면 내가 또 무슨 짓을 할지도 모른다는 두려움이 생겼다. 이번에는 필로티 1층 발코니였지만, 다음은 어디에서 뛰어내릴지 나 스스로도 예측할 수 없기 때문이다. 최악의 상황이었지만 그 와중에 과음하는 버릇을 버릴 수 있어 다행이라고 생각했다.

🌀 힘을 뺄 수 없는데 힘을 내라니

지루한 일상을
구원해줄
키다리 아저씨를 따라서

어느 날부터 나는 일상의 균형을 잃기 시작했다. 당시 받는 스트레스가 원인일 것으로 생각하고 대수롭지 않게 넘어갔다. 그럼에도 사소한 일을 까먹는다든지, 식욕이 급격히 떨어진다든지 하는 신체 상태는 차치하더라도 내 마음 상태는 적지 않게 당황스러웠다. 이제껏 무슨 일이든 해낼 수 있다는 자신감 하나로 버텨온 마음속에 불안이 곰팡이처럼 피어나기 시작한 것이다. 처음엔 손으로 툭툭 털어내면 되었지만, 어느새 고개를 들어 보니 온 사방을 뒤덮고 있었다. 움직이기만 해도 퍼져 나오는 포자에 숨이 막힐 지경이었다.

나이가 마흔이 되면 완전하지는 않아도 보기에 좋을 정도의 인생을 손에 들고 있을 줄 알았다. 평균 수명 팔십을 넘어 백세를 바라보는 시대에 절반을 살았다면 그래야만 한다고 생각했다.

철모르던 어린 시절에는 엄마의 손에 이끌려 다녔다. 학업이든 진로든 내 인생의 결정권은 엄마에게 있었고 간혹 불만도 있었지만 그 결과가 나쁘지 않았다. 머리가 어느 정도 굵어진 이후부터 난 스스로 걸음을 떼기 시작했다. 어학연수도 대학원도 온전히 나의 결정으로 갔다. 이 또한 결과가 나쁘지 않은 여정이었다.

서른이 되던 해 목표 지점에 도달한 나는 기지개를 켰다. 안일함도 있었을 것이고 보상 심리도 있었을 것이다. 스스로 너무 내달리는 것 아닌가 하며 오만한 웃음도 지어 보였다. 그렇게 삼십 대에 주어진 미션을 허들 경기 선수처럼 하나하나 넘어 달리며 쾌감을 만끽하고 있었다. 여유롭게 들어간 회사 역시 순조로웠다. 동료들과의 순탄한 관계, 기대 이상의 업무 성과, 또 그에 따른 빠른

💬 힘을 뺄 수 없는데 힘을 내라니

승진. 모든 것이 자연스럽게 따라왔다. 특별한 고민도 없었다. 회사에 터를 잡고 사는 고양이에게 밥을 챙겨준다든지 등의 아무도 모르는 작은 사실을 발견한 것에 뿌듯함을 느끼며 하루하루를 보냈다.

그렇게 회사 생활이 안락하게 흘러가면서 처음의 야망과 패기는 이른 아침의 안개처럼 순식간에 사라졌다. 목표를 향해 힘차게 뛰어가겠다는 생각보다 미용실에 앉아 잡지를 넘기듯 오늘 하루를 잘 넘겨야겠다는 생각으로 하루를 맞이했다. 긴장이라고는 찾아볼 수 없었다. 어쩐지 살이 찐 듯한 느낌이 들었고 마음도 그렇게 둥글어진 기분이었다. 쳇바퀴 속에서 나라는 사람이 서서히 바스러져간다고 느꼈다. 대기업의 울타리는 더없이 든든했지만, 그 안의 나는 멀건 죽처럼 심심했다.

대표이사였던 그는 내가 마흔을 한 해 앞둔 때 내 앞에 나타났다. 큰 집단 안에서 무료함에 허우적대고 있던 나에게 그는 키다리 아저씨처럼 선물을 하나 내놓았다. 이제 시작하는 작은 규모의 회사였지만 높은 직급과 꽤 괜찮은 연봉을 제안한 것이다.

믿을 수 없는 직급에 난 눈이 휘둥그레졌다. 처음에는 내 깜냥에 맞지 않는 자리이므로 거절했다. 거절할 수밖에 없었다. 과장 나부랭이었던 내가 이사급으로 이직이라니 실감이 나지 않았다. 그렇지만 늘 자신감이 충만한 그와 함께 힘을 합쳐 스타트업에서 회사를 키워가는 모습을 상상하니 그것도 매력적이었다. 마치 새로 나온 게임을 받아 든 아이처럼 흥분되었다. 지금까지 해본 적 없는 분야였지만 근거 없는 자신감이 차올랐다.

몇 주간 고민 후 미련 없이 새 직장으로 옮기기로 결정했다. 서른아홉의 난 대체 무슨 생각이었을까.

그는 많은 명분을 주었다. 앞으로 세계는 4차산업이 주도할 것이고, 그중 이 기술은 시장을 선도할 것이며, 이 회사는 그 선봉에 설 것이라고 확신에 차 이야기했다. 그 눈빛이 너무도 확고해서 궁금한 것을 질문할 수 없었다. 질문은커녕 나도 하루빨리 그와 손을 잡고 새로운 분야에서 힘차게 뛰고 싶었다. 그동안의 경험을 바탕으로 멋들어진 발표도 해내고 투자도 따내면서 기업을 키워나

　💭　힘을 낼 수 없는데 힘을 내라니

가는 꿈을 꾸었다. 할 수 있을 것 같았다. 나의 꿈과 그의 확신이 더해져 나는 무모한 결정을 내리고야 만 것이다.

첫 출근하는 날은 눈이 많이 왔다. 죽죽 미끄러지는 높은 힐을 간신히 끌면서 사무실에 도착했다. 역삼동은 왜 이렇게 경사가 높은지 모르겠다. 히말라야를 등반하듯 겨우 사무실을 찾아 올라온 나는 가쁜 숨을 내쉬었다.

첫날은 늘 그렇듯이, 또 날도 추웠기 때문에, 긴장이 되었다. 기대와 달리 휑한 사무실에 조금 실망했지만, 이 또한 내가 채워나가야 할 곳이라는 생각으로 마음을 달랬다. 직원들에게 인사를 하고 내 자리에 앉았다. 심장이 뛰었다. 아직 주어진 일은 없었지만, 노트북을 켜고 있자니 내가 뭐라도 된 것처럼 어깨에 힘이 들어갔다.

'잘해야지. 잘해낼 거야.'

마음속으로 몇 번을 되뇌었는지 모른다. 마흔을 앞두고 맞은 인생의 터닝 포인트라고 생각했다. 대기업을 박차고 나온 나를 걱정하던 사람들에게 증명하고 싶었다. 이렇게 살아가는 방법도 있다고, 틀에 박힌 방법 말고 새로운 길도 있다고 말하고 싶었다. 하지만 그것은 내 실수였다. 권태로움을 견디지 못하는 나를 합리화하는 도피에 불과했다.

💬 힘을 낼 수 없는데 힘을 내라니

가랑비에 옷 젖듯
우울이 내려앉다

의욕과 자신감을 넘어 오만으로 가득 차 있던 나는 어떤 충고도 귀에 들어오지 않았고 그리하여 이상함을 눈치채지 못했다. 이 선택은 그저 인생을 살아가는 또 하나의 방법이라고 생각하며 약간 으쓱대기도 했다. 나는 새로운 분야에 대한 호기심도 왕성했고 잘해보려는 의욕도 넘쳐났다. 한 가지 간과한 것은 사람이었다.

그는 독특한 사람이었다. 늘 웃는 얼굴이었지만, 그 웃음은 상대를 향한 것이 아니었다. 자기는 상대방보다 많은 것을 알고 있고 혹 그렇지 않더라도 그것을 들키지 않을 수 있다는 자신감의 미소였다. 그의 대화는 항상 "나는"으로 시작했다. 함께 이야기를 나누고 있지만 그 안에 상대방은 없었다. 어떤 주제로 이야기를 시작해도 결국 자기의 성과, 지식, 우월함을 강조하는 것으로 마무리되었다. 한때는 그의 박식함에 감탄한 적도 있었다. 마주치는 모든 사항에 대해 이렇게 열심히 공부하고 자기관리에 열을 쏟는 사람이 있구나 하고 생각했다. 그때는 그의 삶이 경이로울 뿐이었다.

φ

시간이 지나고 가까이에서 그와 나누는 모든 대화는 날 진저리치게 했다. 그중 가장 힘든 것은 눈빛 한 번 흔들리지 않고 늘어놓는 여성 비하 발언이었다. 일을 시작하고 나서부터 늘 아침에는 함께 커피를 마시며 그가 다녀온 헬스장 풍경을 전해 들었다.

"여자들은 왜 운동할 때 붙는 옷을 입고 하는 거지? 봐달

🌢 힘을 낼 수 없는데 힘을 내라니

라는 건가…. 가슴도 엉덩이도 전혀 볼 것도 없는 주제에 왜 그러는지 모르겠어. 또 얼마나 흔들어대는지. 일부러 가슴도 내민다니까? 우리나라는 여자 복장에 대해 너무 관대해. 몸매가 안 되면 입지 못하게 해야 하는데 말이야. 헬스장에서 아무런 제지를 하지 않는 것도 문제야."

너저분한 걸레 쪼가리 같은 발언에 사람들은 대충 고개를 끄덕이고 있었다. 나도 몇 번은 업무를 핑계로 먼저 자리를 뜨며 대화를 피했지만 이야기가 매일 반복될수록 도저히 참을 수가 없었다.

"그분들은 아무 관심 없어요. 그냥 운동하기 편하게 입은 거죠. 운동은 안 하고 너무 주변만 보시는 거 아니에요?"

"어? 왜 발끈해요? 고태희 씨도 몸매가 별로인가? 고태희 씨 이야기한 거 아닌데 왜 그래? 뭔가 콤플렉스가 있나? 그냥 웃자고 한 소리에 정색하니 난감하네."

순간 분위기에 살얼음이 끼고 나는 별일 아닌 것에 민감하게 반응하는 뾰족한 여자가 되어버렸다. 커피 타임

을 마무리하고 자리로 모두 돌아가고도 이 냉기는 한동
안 이어졌다. 나는 점차 대꾸하지 않았다. 그러나 이런
무대응조차 어느 새 암묵적 동의로 여겨졌다.

이런 일은 외부 업체 미팅 후에도 종종 있었다. 특히
그 자리에 여성이 있었다면 돌아오는 길 내내 침을 튀겨
가며 그 여성을 깎아내렸다.

"아까 그 여자, 삐져나온 흰머리 봤어요? 그게 뭐야, 일 나
올 때 너무 무성의한 거 아닌가? 완전 아줌마야, 아줌마."

언제부터인가 미팅이 끝나고 사무실에 도착한 후, 화
장실에서 내 머리를 살펴보기 시작했다. 혹시 나도 발견
하지 못한 흰머리가 있는 것은 아닌가, 그래서 저자가 속
으로 나를 아줌마라고 폄훼하고 있는 것은 아닌가. 점점
작은 것들이 크게 신경 쓰였다. 대화는 공감이라고는 전
혀 찾아볼 수 없었는데 이 또한 나를 지치게 했다.

"피곤해 보이시는데 어제 못 주무셨어요?"
"네… 요새 불면증에 시달리고 있어요. 네 시간 잤나…."

힘을 낼 수 없는데 힘을 내라니

"저는 몇 년째 하루 네 시간 넘게 안 자요."

그는 특유의 웃음을 지으며 대답했고, 나는 순식간에 평소에 네 시간도 넘게 자는 게으른 사람이 되었다. 내가 왜 대꾸했을까, 내가 왜 여지를 주었을까. 벙쪄 있는 나를 바람에 날리는 비닐봉지처럼 지나치면서 그는 웃으며 제 갈 길을 갔다. 나는 덩그러니 남겨졌다.

그때부터 내 안의 무언가가 조금씩 깎여나가기 시작한 것으로 기억한다. 가장 큰 문제는 그렇게 살점이 떨어져 나가고 있음에도 불구하고 알지 못했다는 것이다. 이렇게 뻥 뚫려버린 지경이 될 때까지 말이다.

『한낮의 우울』을 쓴 앤드루 솔로몬은 일반적인 생활 속 사건이 우울증의 계기가 되는 경우가 많다고 말한다. 이런 사건은 '상실'과 관련되어 있다. 소중한 사람의 상실 이나 역할의 상실 그리고 자아의 상실 등이다. 그보다 심 한 경우는 굴욕감이 원인이 되는 경우도 있다.[2]

나는 나도 모르는 사이 계속된 굴욕감과 허탈함에 젖 어들었던 것 같다. 하루하루 쌓인 감정들이 어느 날 한 사건을 계기로 터져버릴 때까지 말이다.

블랙아웃으로 시작된
검고 푸른 항해

오후 한 시에 회의가 있었다. 지난 프로젝트에서 입찰에 실패했기 때문에 이번 프로젝트로 만회해야 했다. 밤새 자료를 손본 후라 아침부터 온 신경이 곤두서 있었다. 아무리 확인해도 실수가 보였다. 그런데 그가 갑자기 자료 검토 회의를 잡은 것이다. 당황스러웠다. 미완성의 자료를 들고 회의에 참석해야 하다니.

내 실수에 대한 지적은 페이지마다 계속되었다. 보고서를 한 장 한 장 넘기면서 같은 사항에 대한 같은 지적

힘을 낼 수 없는데 힘을 내라니

을 친절한 목소리로 반복했다. 아직 완성된 것이 아니니 나중에 한꺼번에 손볼 예정이라고 말하고 싶었지만, 그는 거대한 수레바퀴같이 차분하고 꿋꿋히 말하고 있어서 그 틈을 찾을 수 없었다.

발표 자료의 중반부를 넘어갈 즈음이 되니 그의 목소리가 아득해졌다. 감정 없이 반복되는 목소리에 내 후두엽은 잠들어버린 듯했다. 시야가 흐려졌다. 발표 자료가 넘어가는 스크린에도, 내 앞의 동료에게도, 심지어 눈앞의 수첩에도 초점을 맞출 수 없었다. 나는 한 개의 점으로 수렴하는 듯 점점 쪼그라들었다. 회의는 마치 간을 쪼아 먹는 프로메테우스의 독수리처럼 나를 침식했다.

한 시간에 걸친 회의를 마치자마자 지하 사무실에서 올라와 건물 밖으로 탈출했다. 날씨는 해맑은 소녀가 들고 있는 꽃다발처럼 화사했다. 그러나 어쩐지 내 눈에 비친 주변 풍경은 그곳에 속하지 못한 듯 너무도 생경했다. 두어 블록 정도 걷다가 그늘이 드리워진 곳에 앉았다. 온몸의 근육에 혈액이 공급되지 않는 느낌이었다. 슬며시 눈을 감았다. 잠시만 그렇게 나를 내버려두고 싶었다.

눈을 떴을 땐 아무것도 보이지 않았다. 보이기는커녕 너무 밝은 탓에 다시 눈을 감았다. 눈꺼풀을 뚫고 들어온 빛을 쫓으며 여기가 어디인지 생각했다. 머릿속은 답답했고 멀리서 들리는 소리는 이국적이기까지 했다. 고개를 들어 앞을 보니 붉은 벽돌 담장이 서서히 눈에 들어왔다. 몇 센티미터 차이로 내 발을 밟을 듯 지나가는 자동차 바퀴에 퍼뜩 정신이 돌아오면서 등골이 쭈뼛 섰다.

생각났다. 여기는 역삼동이고 나는 좀 전까지 회의에 참석하고 있었다. 무슨 일이 있었던가 기억해내려 애쓰던 중 버릇처럼 왼팔을 들어 시간을 확인했다. 짧은 바늘은 오후 네 시를 가리키고 초침은 부산스럽게 움직이고 있었다. 초침을 따라 눈동자를 움직이다 보니 흙 밑의 유물처럼 기억의 윤곽이 드러났다. 두 시간을 길에서 잠을 잔 것이다. 그날, 나는 이 잠과 함께 나를 놓아버렸다.

정신과 의사인 린다 개스크는 『당신의 특별한 우울』에서 우울의 이유로 취약성과 스트레스를 들었다. 취약성이란 얼마나 우울증에 걸릴 위험이 높은가를 의미하며

💬 힘을 낼 수 없는데 힘을 내라니

가족력, 유전 그리고 어린 시절의 경험 등에 의해 좌우된다고 한다. 사람에 따라 우울증을 일으키는 스트레스의 경도가 다른데 어떤 사람이 취약성 요인을 많이 지니고 있다면 이 사람은 스트레스로 인한 우울증에 걸리기 쉽다고 한다.[3]

나의 취약성은 인정에 대한 욕구가 큰 것이다. 이 때문에 회사 생활뿐만 아니라 어렸을 때부터 늘 다른 사람의 시선을 신경 쓰며 살았다. 항상 칭찬받고 싶었고 누군가가 나를 무시하거나 깎아내리면 참을 수 없었다.

그때의 여름은 떠올리는 것조차 버겁다. 키다리 아저씨인 줄 알았던 그는 자기에게 무슨 잘못이 있냐고 울부짖겠지만 난 가스라이팅을 당하고 이직 6개월 만에 생애 처음으로 휴직계를 냈다. 3개월 휴직을 신청하고 결재가 났지만, 윗분들의 심기가 불편하심을 이유로 그는 두 달 만에 퇴사를 종용했다. 어차피 1년을 못 채웠고 휴직까지 해서 퇴직금도 날아간 상태였다. 다시 복직해서 일을 이

어갈까 고민해보아도 그를 떠올리니, 정확히는 그의 혀를 떠올리니 어디선가 악취가 나는 것 같았다. 그 냄새를 다시 맡고 싶지 않았다.

바라는 대로 사직서를 내고 수렁에서 벗어났다. 겉으로 보기에는 잘된 일이었지만 난 이미 마음이 너덜너덜해진 상태였다. 그가 있는 역삼동을 향해 침 뱉을 힘도 없었다. 그렇게 마음의 병은 심해졌고 깊은 절망의 심연으로 빠르게 침잠했다.

한 달 정도가 지났을까. 몸은 집으로 끌고 왔지만, 마음은 여전히 역삼동으로 출근 중이었다. 그날의 회의를 곱씹고, 그의 가시 품은 말들을 되뇌고, 수렁인 줄도 모르고 척척 걸어 들어간 나 자신을 부여잡고 매일같이 울었다. 한번 울기 시작하니 별게 다 슬펐다. 밥상에 떨어진 밥풀이 나 같아 울고, 구름에 가린 달이 내 미래 같아 울고, 심지어 깨진 액정 필름에도 울컥했다.

난 내가 아니었다. 소금물을 함빡 안은 솜뭉치처럼 줄줄 눈물을 흘리며 하루를 허비하고 있었다. 지금껏 가지고 있던 찬란한 보석들이 산산이 쪼개져 손가락 사이로 속절없이 흘러내리는 모습을 보며 할 수 있는 것은 아무

💭 힘을 낼 수 없는데 힘을 내라니

것도 없었다. 하고 싶은 것이 떠오르지도 않았지만 정확히는 어떤 일도 할 수 없었다고 표현하는 것이 맞겠다.

집 밖으로 나가는 것이 너무 힘들어서 차라리 가만히 있어도 나를 씻겨주고 밖으로 내보내주는 자동세차기를 통과하면 좋겠다고 공상했다. 눈부신 햇살은 나를 찌를 것 같고 살랑대는 우아한 바람은 나를 비웃는 것 같았다. 먹고는 살아야 해서 장을 보러 마트를 찾았을 때는 알아들을 수 없는 각자의 대화 소리로 가득해서 흡사 진흙탕 속에 들어온 것 같았다. 에스컬레이터를 타고 차가 있는 지하로 내려가면서 초라한 눈물을 훔쳤다.

집이라고 다를 것은 없었다. 소파 구석에서 쿠션을 끌어안고서 간신히 숨을 쉬었다. 이때는 고양이들도 그렇게 무심할 수가 없었다. 혹시나 하는 기대로 고양이를 불러보았지만 결국 소환에 실패하고는 누가 보면 황당해할 서운함에 울고 지쳐 쓰러져 잤다.

목이 말랐다. 그러나 물을 마시러 가는 것은 너무나 길고 지난한 여정이었다. 부엌 한쪽의 회색 냉장고는 쳐다볼수록 점점 멀어지고 있었다. 입안이 말라 벨벳 같은 혀의 미뢰 하나하나를 느낄 지경이었다. 소파에 쭈그리고 앉아 입천장이 미뢰를 느끼는 것인지 미뢰가 입천장을 느끼는 것인지 알아내는 데 집중했다. 벨벳의 느낌이 났으므로 입천장이 혀를 느끼는 것이라는 결론에 도달했다. 혹시 몇 개인지 셀 수 있을까? 이런 헛헛한 생각도 했다. 낯선 감각에 집중하다 보면 목이 마르다든지 배가 고프다든지 하는 일차원적인 감각을 잠시 잊을 수 있었다. 잠을 잘 수도 없었다. 새벽 두 시를 넘어 세 시, 네 시… 그러다 떠오르는 해를 보았다.

그렇게 멀고 긴 항해는 시작되었다. 부모도, 친구도, 고양이도 함께 가지 않고 물 밖에서 나를 바라볼 뿐이었다. 작은 조각배에 몸을 실은 채 나는 그들을 향해 괜찮노라고 소리를 질렀지만 닿기나 했을지 모르겠다. 나를 향해 다가오는 크고 작은 파도에 맞추어 몸을 들썩이며, 때로는 날 비추는 햇살과 잔잔한 물살에 잠시 숨을 고르며 그렇게 떠다니기 시작했다. 어디로 가야 하는지, 또 언제까지 계속되는지 모를 이 항해를 여전히 하고 있다.

🍃 힘을 낼 수 없는데 힘을 내라니

잘했다는 말 한마디면
충분했는데

그날따라 기분이 좋지 않았다. 한숨만 온종일 내뱉고 있었다. 소파에 앉아 바닥의 먼지만 물끄러미 헤아리고 있을 뿐 몸이 움직여지지 않았다. 밤잠을 두세 시간밖에 못 잤는데도 몸은 전혀 피곤하지 않았다. 감정의 날이 바짝 서 있었다. 누군가가 나를 건드리면 베어버릴 것 같았다.

이렇게 하루가 가는 것이 한심스러웠다. 하릴없이 앉아 있는 나에게 깊은 짜증이 났다. 의미 없이 인생을 허비하는 것이 기가 막혀서 화가 날 지경이었다. 이대로는 안 될 것 같아 두리번거리기 시작했다. 눈에 거슬리는 것이 많았다. 소파의 쿠션부터 바닥의 먼지, 식탁 위에 내팽겨진 컵. 모두 마음에 들지 않았다. 내친김에 나는 찬장까지 정리하기로 했다.

먼저 식탁 위에 놓여 있던 컵을 씻어 식기 건조대에 널었다. 찬장에는 그간 쓰지 않아서 먼지가 쌓인 그릇들이 한가득이었다. 모두 꺼내 개수대에 넣었다. 개수대에 모인 그릇들이 난감하기는커녕 빨리 씻어내고 싶었다. 약간 흥분되는 느낌마저 들었다. 하나하나 닦아내면서 오늘을 사는 의미를 느꼈다. 그렇게 세 칸의 찬장을 정리했다. 평소 컵 모으는 것이 취미인지라 적지 않은 양이었다. 그래도 무언가 해낸 것 같아 기분이 조금 나아졌다.

다음은 냉장고였다. 오래되고 상한 음식이나 먹지 않는 식재료를 모두 정리했다. 하는 김에 반찬통을 모두 꺼내서 냉장고 안도 싹 소독했다. 한 칸씩 청소해나갈 때마다 어릴 적 땅따먹기를 할 때 같은 성취감이 있었다. 여기서도 설거지거리가 한가득 나왔지만 오히려 오늘의 성과물 같아 힘이 났다.

거실로 가서 쿠션을 털고 진공청소기로 소파를 밀었

❚ 힘을 낼 수 없는데 힘을 내라니

다. 먼지가 빨려 나오는 것이 보이자 속이 다 시원했다. 바닥도 밀었다. 평소보다 더 구석구석 밀었다. 그간 쌓인 먼지들을 모두 치워버렸다. 뭉쳐 있던 고양이 털이 없어지는 것을 보니 힘이 났다.

거실과 주방을 다 치우고 나서야 소파에 앉았다. 아직도 몸이 들썩들썩했다. 무언가 더 해야 할 것만 같은데 무엇을 해야 할 지 몰랐다. 흥분이 가라앉지 않아서 머릿속이 빙글빙글 돌았다. 그러던 중에 퇴근하는 남편에게 전화가 왔다.

9

외국에 나가 있는 남편은 매일 나에게 안부 전화를 했다. 밥은 먹었는지 잠은 잘 잤는지 사소한 일들을 묻는 전화였다. 우울증 판정을 받은 내 곁에 있어줄 수 없다는 생각에 안타까운지 하루도 빼놓지 않고 출근길에, 점심 시간에, 퇴근길에 전화했다.

나는 남편에게 대청소를 했다고 자랑했다. 소파도 털고 닦고 부엌도 다 정리했다고 이야기했다. 오늘의 성과를 인정받고 싶었다. 잘했다는 말 한마디면 되는 것이었다. 그런데 남편은 예상 밖의 말을 했다.

"좀 쉬지, 왜 그랬어?"

화가 났다. 애써서 열심히 청소했는데 왜 그랬냐고 하니 화가 치밀었다. 남편에게 소리를 질렀다. 그게 할 말이냐고 고래고래 큰소리를 휴대전화에 쏟아냈다. 남편은 당황했다. 고생한 것 같아서 걱정되어 한 말인데 화를 내니 퍽 놀랐을 것이다. 그러나 나는 그런 입장을 생각할 여유가 없었다. 그저 서운할 뿐이었다.

가뜩이나 날이 서 있던 나는 그만 남편을 베어버렸다. 온갖 심한 말을 하며 남편에게 분노를 뿜어냈다. 남편은 미안하다며 사태를 무마하려 했다. 하지만 나는 이미 폭발한 상황이었다. 옆에 있던 쿠션까지 집어 던지며 소리를 지르고 있었다. 들고 있던 휴대전화를 던지지 않은 것이 다행이었다. 전화를 일방적으로 끊어버리고 그대로 무릎을 잡고 울었다.

나는 2형 양극성 정동장애, 즉 조울증 진단을 받은 후

💬 힘을 낼 수 없는데 힘을 내라니

자존감이 많이 낮아져 감정의 비약이 심했다. 우울의 상태일 때도 그렇지만 조증의 상태일 때는 감정 기복이 더욱 폭발하듯 나타나 상황이 더 좋지 않았다. 내 행동에 대해 지적을 받거나 반대 의견을 들으면 쉽게 의기소침해지거나 화가 났다. 상대방이 나를 무시해서 그러는 것이라는 생각이 들어 걷잡을 수 없이 감정의 들불이 번졌다. 특히 남편과의 관계에서 더 심하게 나타났다.

직업 특성상 외국에 나가 있는 남편은 곁에 있어주지 못해 늘 미안해했다. 그래서 자꾸 해결책을 제시하려 했다. 이 상황을 해결하는 데 일조하고 싶은 심정이었을 것이다. 이런저런 제안을 하며 자기 말을 들으라고 했다.

힘들어하는 나를 보며 남편은 긍정적으로 생각하라며 힘을 내라고 했다. 그 말이 제일 힘들었다. 생각이 내 맘대로 흘러간다면 내가 우울증 환자가 아닐 텐데 말이다. 힘을 낼 수 있다면 이렇게 괴롭지 않을 텐데 저렇게 말하는 남편이 너무 서운했다. 그리고 남편의 말대로 하지 못하는 내가 너무 작아 보였다.

우울증을 커밍아웃하고 나서 사람들에게 다양한 위로
의 말을 들었다.

- 힘내
- 운동을 해봐
- 네가 감정을 다스려야지
- 가족을 생각해봐
- 긍정적으로 생각해
- 어떤 심정인지 알아[6]

특히 몇몇은 그래도 내가 얼마나 다행인지 이해시키려
는 노력을 했다. 살 집이 있고 남편이 있고 날 걱정해주
는 부모와 친구가 있다는 것이 얼마나 행복한지 생각하
라고 했다. 그러면서 덧붙였다.

"너보다 더 힘든 사람도 많아. 그들을 생각해야지."

객관적인 시각으로 보면 내 상황이 그리 나쁘지 않을

💬 힘을 낼 수 없는데 힘을 내라니

수도 있다. 하지만 나는 하루하루가 버거워서 남을 돌아볼 여유가 없었다. 하루를 감사할 수 있는 사람은 아프지 않은 사람이다. 순간순간 심장을 짓누르는 우울과 맞서는 나로서는 감히 생각할 수 없는 사치스러운 감정이었다. 그 말을 들으면 나는 힘이 빠지면서 죄책감이 슬며시 고개를 들었다. 난 이렇게 힘든데 마치 꾀병을 앓고 있는 듯 부끄러워졌다.

이런 말들은 그 의도와 다르게 우울증을 앓고 있는 사람에게 전혀 위로가 되지 않는다. 오히려 깊은 상처를 남긴다. 조언을 실천하려고 해도 어느 정도 의지가 있어야 가능한 것이다. 의지가 생기는 것은 일상생활을 꾸릴 수 있을 만큼 증상이 호전된 후의 이야기다.

곁에 있는 사람이 우울증에 빠져 힘들어하고 있다면 그저 아무 말 없이 안아주는 것이 최선이다. 그에게 충고하는 것이 아니라 그의 심정을 들어주는 것이 가장 좋다. 이 병을 극복하는 데 시간과 노력이 꽤 들겠지만 당신 곁에 붙어 있겠다고 말하는 것, 그것이 나에겐 가장 큰 위로였다.

하루 계획은커녕
노래 한 곡에
무너지는 나날

조증 삽화(증상이 지속되지 않고 일정 기간 나타나고 호전되기를 반복하는 패턴)가 지나간 자리는 그 강도만큼이나 만들어진 골짜기가 깊다. 뒤잇는 우울감은 그 골짜기를 메우기 위해 꾸역꾸역 밀려온다. 우울감은 벗어나려 할수록 잡아끌었고 난 하릴없이 빠져들어갔다. 가장 힘든 것은 죽음에 관한 상념의 늪에서 벗어나는 일이었다. 한번 생각이 시작되면 끝이 보이지 않게 생각의 고리가 연결되었다.

힘을 낼 수 없는데 힘을 내라니

일반적으로 우울증 상태가 되면 슬픔이 지속되거나 이유 없이 눈물이 난다. 짜증이 몰려오거나 화가 나고 불안하고 걱정이 심해지기도 한다. 기운이 없고 염세적으로 바뀌며 매사 관심이 줄어든다. 죄책감이나 자책감에 빠지기도 한다.

인지치료의 아버지로 불리는 미국 정신과 의사 아론 벡에 의하면, 심한 우울증 환자의 경우 평소 자기 역할을 더 이상 적절히 수행할 수 없다고 믿는다. 이런 믿음은 활동을 감소하게 하고 스스로를 불필요하거나 비효율적인 사람으로 보게 한다.[5]

나의 경우 우울증이 다가오면 수면 문제가 가장 먼저 나타났다. 하루에 두세 시간을 자기도 힘들었다. 해 뜨는 것을 보고 눈을 겨우 감았다가 잠시 후 다시 눈을 떴다. 잠을 못 자니 온종일 멍한 상태로 있었다. 잠을 안 잔다고 해서 무엇을 할 수 있는 것도 아니었다. 졸린데 잠에는 들어가지 못하는 상태였다. 책이라도 읽을 수 있으면 좋으련만 책을 펴면 글자 위로 개미가 기어 다니는 것 같았다.

영화도 보기 힘들었다. 텔레비전 소리가 소음처럼 귀

에 날카롭게 꽂혀서 전원을 누를 엄두를 내지 못했다. 집 안에 적막이 가득했다. 움직이는 것은 밥을 먹으려는 고양이뿐이었다. 그마저도 밥을 다 먹고 나면 햇빛 드는 자리를 골라 누워버렸다. 집 안에 움직임이라고는 없었다. 이 고요함이 무서웠다.

9

음악이라도 틀어야겠다 싶었다. 듣고 싶은 음악은 없었기에 대충 플레이리스트를 골라 실행시켰다. 정적보다는 나을 것이라는 심산이었다. 따라 부를 기력은 없었지만 아는 노래가 나올 때는 어쩐지 안도감이 들었다. 마치 친구가 와준 것 같았다. 그러다 어느 노래가 흘러나왔다.

"기다릴게. 나 언제라도. 저 하늘이 날 부를 때 한없이 사랑했던 추억만은 가져갈게."

이 노래를 부른 가수는 안타깝게 생을 마감한 고(故) 최진영이다. 그의 누나 최진실의 가슴 아픈 죽음도 떠올

9 힘을 낼 수 없는데 힘을 내라니

라 이 노래가 나오자마자 멈칫했다. 노래를 듣는 내내 이들 죽음에 대한 의문이 머릿속을 떠나지 않았다. 노래가 끝나면 다시 재생을 눌렀다. 풀리지 않는 의문만큼 하염없이 반복 재생했다. 죽음에 대한 생각도 뱅글뱅글 돌았다. 죽음, 자살, 남겨진 사람들의 슬픔 등 꼬리에 꼬리를 물고 생각이 번져나갔다. 걷잡을 수가 없었다.

이들은 왜 생을 스스로 마감했을까? 무엇이 이들을 그토록 힘겹게 했을까? 나는 급기야 기사를 찾아보았다. 생전 사진도 검색했다. 남겨진 아이들도 함께 찾았다. 그러다 보니 나의 죽음까지 떠올리게 되었다. 만약 내가 죽는다면 어떻게 될까? 우리 부모님은? 남편은? 동생은? 과연 얼마나 많은 사람들이 나의 죽음을 슬퍼할까?

괴로웠다. 가족을 제외하고는 아무도 내 죽음을 슬퍼하지 않을 것이라는 결론에 이르렀다. 무가치하고 무의미한 삶을 산 것 아닐까 하는 생각에 허탈함이 복받쳤다. 내 인생이 통째로 부정당하는 것만 같았다. 지금까지 살아온 것이 허무해 울고 또 울었다. 그러나 할 수 있는 것은 아무것도 없었다. 나는 사회로 돌아가기는커녕 물을 마시러 냉장고까지 가는 것도 힘들어하는 상태가 되어

우울증이라는 불청객 🌙

버렸기 때문이다. 가슴이 견딜 수 없이 답답해 미칠 것만
같았다.

9

〈영원〉을 반나절 동안 듣다가 겨우 껐다. 그래도 머릿
속에서는 여전히 노래가 재생되고 있었다. 최진영의 목
소리와 얼굴이 아른거렸다. 최진실의 얼굴도 함께 둥둥
떠다녔다. 노래를 끄고도 급작스럽게 눈물이 터지는 상
황이 한참 동안 지속되었다. 너무 울어서 정작 무엇 때문
에 우는지 잊어버렸을 정도였다.

어느 정도 진정이 되었을 즈음 겨우 몸을 일으켰다. 아
직 배가 당겼지만 힘을 쥐어짰다. 휴대전화를 켜 플레이
리스트에서 〈영원〉을 지워버렸다. 다시는 듣지 않겠다고
결심했다. 그러면서도 한편으로는 삭제한 것이 미안했
다. 또 기분이 요동치려 했다. 이렇게 사소한 감정으로도
정신을 못 차리는 내가 넋이 나갈 정도로 딱했다.

우울증이 생기면 정상에서 벗어나는 잘못을 저질렀다
거나 자기가 쓸모없어졌다는 자책감에 빠진다. 우유부단

    💬 힘을 낼 수 없는데 힘을 내라니

해져서 결단을 내리지 못하기도 한다. 우울에 빠지는 원인은 너무나 사소하지만, 이 나선에 한 번 빠지면 헤어나오기가 힘들다. 마치 한 방울씩 떨어지는 물방울이 쇠를 뚫듯 그 감정이 누적되어 한 사람을 망친다.

나 역시 누구나 납득할 만한 이유가 아닌 작은 사건을 계기로 우울이 시작되었다. 시작은 작았지만 우울은 자기 멋대로 몸을 불려 내 안을 마구 휘저었다. 내장 근육, 심근, 눈물샘 등 물리적인 자극도 빼놓지 않았다.

우울증을 연구한 아론 벡은 일일계획표를 짜서 시간을 통제하면 우울의 나선에서 벗어날 수 있다고 말한다. 거창한 계획이 아니라 단지 기분이 조금 나아지는 활동으로 일상생활의 변화를 꾀하는 것이다.[6]

그러나 나는 일일계획표는커녕 1분도 통제할 수 없었다. 지나가다 듣는 음악 한 소절에도 내장이 뒤틀려 감정을 추스를 수 없는 상황이었다. 이런 악순환이 영원히 계속될 것만 같았다.

그저 무릎을 끌어안고
버티는 수밖에

중국의 철학자 노자는 "마음이 과거에 머물러 있으면 우울하고, 미래에 머물러 있으면 불안하고, 현재에 있으면 평온하다"라고 했다. 그러나 우울과 불안은 동전의 양면과 같아서 함께 붙어 다닌다. 이 둘은 날 따로 찾는 법이 없다. 늘 함께 찾아와 촉수같이 나를 휘감고 나의 과거와 미래를 동시에 빨아들인다. 나는 옴짝달싹 못한 채 당한다. 꽉 조인 우울과 불안이 스르르 풀릴 때까지 내가 할 수 있는 건 버티는 것뿐이다.

힘을 낼 수 없는데 힘을 내라니

우울의 촉수가 꽂히면 되새김질을 한다. 가장 가까운 과거부터 시작이다. 그때 왜 그런 선택을 했을까 하고 후회하면서 현재의 상태를 한탄한다. 왜 그자를 믿고 잘 다니던 대기업을 간단히 그만두었을까. 어떻게 그런 무모한 짓을 감행했을까. 아무리 떠올려도 이해되지 않는다. 이 생각을 하면 우울의 나선에 자동 탑승한다. 소용돌이치는 나선에 점점 속도가 붙고 헤어 나올 수 없다. 그 사건이 내 우울의 시작이기 때문이다. 당시의 내 자만심을 원망하게 된다. 그때 감언이설에 속지 않았다면 난 지금 어떻게 살고 있을까. 승승장구까지는 아니어도 내가 좋아하는 동료들과 즐겁게 일하고 있지 않을까 하는 생각까지 이르면 너무 억울해서 가슴을 치며 울게 된다.

그 끝에는 엄마 생각도 따라 붙는다. 강압적이지는 않았지만 어렸을 때부터 성적에 대해 엄격했고 첫째 딸로서의 의무를 요구했던 엄마에 대한 원망이다. 엄마는 내가 사회생활을 시작하면서는 가장 역할을 하길 바랐다. 내 나름의 계획이 있었지만 엄마의 요구로 인해 물거품이 되었다. 왜 단호히 거절하지 못했을까, 왜 그대로 받아들였을까 하는 자책에 가슴이 답답해진다. 엄마한테 고맙다는 말을 한 번도 듣지 못한 것도 서운하다. 지나간 감정이 세세히 떠오르면서 얼굴이 눈물로 범벅된다.

우울의 촉수는 남편과의 관계도 건드린다. 결혼은 순조로웠지만 신혼 생활을 하면서 우리는 많이 다투었다. 직장 문제로, 임신 문제로 의견이 맞지 않아 하루가 멀다 하고 싸웠다. 때맞추어 내게 조울증이 왔고 싸움은 격해졌다. 평소 화를 잘 내지 않던 내가 물건을 집어 던지고 소리를 지르니 남편은 당황했다. 이야기가 제대로 될 리가 없었다. 서로 의논해야 할 일을 마무리 지은 적이 없었다. 그러다 갑자기 남편이 상해로 갔다. 거리가 머니까 대화에 한계가 생겼다. 한 달에 한 번 오는 것으로는 해결이 나지 않았다. 나는 혼자 남아 이 상황을 꾸역꾸역 참아냈다. 남편도 힘들었겠지만 나도 쉽지만은 않았다.

⁹

불안의 촉수는 아직 벌어지지도 않은 일을 스멀스멀 끌어와 내 앞에 가져다 놓았다. 그러고는 그 일이 곧 닥칠 것인 양 괴롭혔다. '다시 예전으로 돌아갈 수 있을까?'

힘을 낼 수 없는데 힘을 내라니

하는 생각이 나를 가장 힘들게 했다. 현실적으로 나는 예전으로 돌아갈 수 없다. 병이 다 나아도 원상 복귀는 어렵다. 이렇게 생각하면 마음이 편할 텐데, 현실이 받아들여지지 않았다. 평생을 바보같이 살아야 할지도 모른다는 절망으로 불안이 요동쳤다.

불안이 계속되면 꼬리에 꼬리를 문 생각이 멈추질 않는다. 남편과 가족은 지금 이대로도 괜찮다고 하지만 사회로 다시 돌아가고 싶은 마음은 여전했다. 그러나 이 꼴을 하고 사회생활을 할 수 있을지 자신이 없었다. 아침에 일어나는 것부터 차를 몰고 회사에 가는 것, 사람들과 부대끼며 생활한 뒤 퇴근하고 집으로 돌아오는 것까지 내게는 모든 것이 도전이었다. 그것을 매일 해낼 수 있을까?

임신에 대한 불안도 뒤따라왔다. 내가 먹는 약의 대부분은 임신 중에 먹으면 안 되는 약이다. 임신 중은 물론 임신 계획이 있으면 의사와 상의하고 몇 주 전부터 끊어야 하는 약이다. 이런 상태의 내가 임신을 할 수 있을지 알 수 없었다. 내가 먹은 약이 조금이라도 몸에 남아서 아기에게 영향을 주면 어쩌지, 만에 하나 기형아를 출산하면 어쩌지, 임신을 한다고 약을 끊었다가 괜히 조울증이 심해지면 어쩌지 하는 불안이 끝을 모르고 이어졌다. 게다가 정상적인 사람도 출산 후 산후 우울증에 걸린다 던데, 남편이 상해에 가 있는 나는, 조울증이 있는 나는 괜찮을까도 걱정이었다. 임신을 하지도 않았는데 걱정은 아기를 낳은 그 후의 일까지 하고 있었다.

죽음에 대한 불안도 빠짐없이 찾아온다. 내가 죽었을 때 가족이 받을 충격, 남편의 상실감을 가늠했다. 비단 나의 죽음뿐 아니라 부모님의 죽음, 남편의 죽음까지 생 각하면서 그 일이 벌어졌을 때를 상상했다. 남편이 사라 진다면 어떻게 해야 할까. 부모님이 돌아가신다면 어떻 게 해야 할까. 감이 오지 않았다. 부디 그런 날이 오지 않 기를 바라며 기도할 뿐이었다.

나의 2형 양극성 정동장애는 복합적인 양상을 띠고 있 어서 우울과 불안이 얼굴을 바꾸어가며 함께 왔다. 특히 불안의 강도가 세서 나는 벌어지지도 않은 일을 생각하 며 불안에 벌벌 떨었다. 불안은 한번 시작되면 우울과는

힘을 낼 수 없는데 힘을 내라니

다른 양상으로 펼쳐진다. 몸 안의 불수의근을 자기 마음대로 자극한다. 심장이 뛰고 측두엽은 심장 박동 소리를 들을 수 있을 정도로 예민해진다. 또 장이 경직되어 아랫배가 아파온다. 어찌할 바를 몰라 앉지도 서지도 못한다. 이를 잠재우기 위해서 때로 술을 찾는다. 혹은 예비약 A를 추가 복용하기도 한다. 불안이 나를 치고 지나갈 때마다 나는 최대한 웅크리고 앉아 지나갈 때까지 참고 기다리는 수밖에 없었다.

　우울증을 가진 사람은 미래를 생각하면서 현재의 고통이 계속될 것이라고 생각한다. 그러면서 가장 먼저 실패를 떠올린다. 나 역시 그랬다. 어떤 일을 하려는 동기는 쉽게 사그라드는데 이는 비관적 생각과 절망감에서 비롯한다. 작은 일이라도 제대로 되지 않을 것 같아 애초에 몸을 움직일 수 없다. 실패했을 때 겪을 절망감에 지레 겁을 먹고 아무것도 하지 않으려 한다. 손가락 하나 움직이는 것도 나에게는 큰 결심을 필요로 하는 일이었다.

2

"환자분, 혹시 우울증 진단받은 적 있으신가요?"

나더러 혹시 미국인이냐고 하는 것만큼 어처구니가 없었다.

우울증. 이것이 대체 어느 나라 말인가.

병원 문을 두드리다

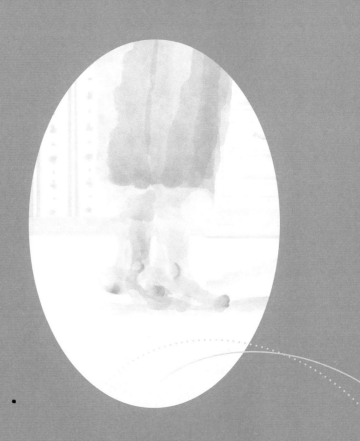

내과에서
우울증이냐고
물었다

초여름의 햇살에 외투를 벗을 때 즈음 난 큰 프로젝트 입찰을 앞두고 있었다. 긴장해서인지 며칠 전부터 이상하게 소화가 잘 안 돼 소화제를 과다복용했다. 그러나 소화제는 위 속으로 들어가 하라는 일은 하지 않고 가만히 그자리에 똬리를 틀었다. 손도 따보았지만 위장은 화타를 만나기 전까지는 움직이지 않을 기세였다.

그러던 어느 날 밤, 쥐어뜯기는 듯한 통증에 잠에서 깼다. 이런 통증이 있다는 사실이 놀라울 정도였다. 배를

쥐고 구르다가 팅겨지듯 화장실로 갔다. 먹은 것도 없는
데 안에서는 밖으로 나오겠다고 아우성을 쳤다. 정말이
지 위장을 뒤집어 쏟아내는 것만 같았다. 새벽까지 변기
를 부여잡고 헛구역질을 하다 결국 회사에 월차를 냈다.
그러고는 잠시 가라앉은 틈을 타 동네 내과에 갔다.

"며칠째 소화가 안 돼요. 어젯밤, 그러니까 오늘 새벽에는
빈속인 데도 위경련이 나서 위액을 다 토했고요. 죽겠어요."

의사선생님은 마침 빈속이니 내시경을 하자고 했다.
나도 청진기보다는 직접 눈으로 보는 편이 정확한 진단
을 위해 좋겠다고 생각하고 곧바로 누워 수면 마취제를
맞았다. 30분 정도 후에 눈을 떴고 여전히 몽롱했지만 정
신을 차리려고 애썼다. 조금 더 누워 있으라는 간호사의
만류를 뿌리치고 의사선생님과의 면담을 요청했다.

"위에는 아무 이상 없어요. 흔한 염증도 안 보입니다."

내 위벽은 사랑스러운 분홍빛으로 빛나고 있었다. 이

💬 힘을 낼 수 없는데 힘을 내라니

렇게 말끔한 위장이 어제는 왜 그런 난동을 부린 것일까. 이해하기 힘들었다. 만일 의사선생님이 스트레스성이라고 한다면 크게 항의할 생각이었다. 그러나 이어진 진단은 매우 의외였다.

"환자분, 혹시 우울증 진단받은 적 있으신가요?"

나더러 혹시 미국인이냐고 하는 것만큼 어처구니가 없었다. 우울증. 이것이 대체 어느 나라 말인가. 그런 진단을 받은 적이 없다고 하자 의사선생님은 지금 표정이나 말투 등을 봤을 때 우울증이 염려된다고 했다. 차라리 스트레스성이라고 하지. 나는 애써 웃으며 그럴 리 없다고 했다. 그리고 곧 중요한 발표가 있으니 위경련을 가라앉힐 수 있는 약 처방을 부탁했다.

그렇게 며칠을 버티다 보니 발표 당일이 되었다. 발표는 오후였다. 그러나 위장이 또 말썽이었다. 처방받은 약은 듣질 않았고 회사 화장실에서 공허한 헛구역질만 하고 있었다. 무엇이라도 해야 할 것 같아 길 건너 내과에 갔다. 또다시 증상을 설명하고 오후에 발표가 있으니 이

지랄병 좀 어떻게 해달라고 매달렸다. 그러자 의사선생님이 이야기했다.

"일단 진정제를 놔드릴게요. 그런데 환자분 혹시 우울증 진단받은 적 없으세요?"

요새는 의사선생님들이 스트레스 대신에 우울증으로 뭉뚱그리나 싶어 황당하기 그지없었다. 이어지는 말은 내가 이미 들은 바가 있는 말이었다.

"지금 환자분 표정도 그렇고 우울증일 가능성이 커요. 부담 갖지 말고 정신과를 한번 가보세요."

링거 속 이름 모를 액체의 떨어지는 방울을 세면서 생각했다. 우울증이라니, 무슨 관상 보는 것도 아니고 이 병이 얼굴 한 번 보면 척하고 나오는 병이었던가? 받아들일 수 없었다. 정신과는 더더욱 가고 싶지 않았다.

프로젝트 입찰 발표는 어떻게 진행되었는지 기억도 나지 않는다. 심사위원이 괜찮으니 앉아서 하라고 배려했

❥ 힘을 낼 수 없는데 힘을 내라니

던 것은 기억난다. 중요한 부분을 빼먹어 다시 앞으로 가서 설명하기도 하고 심사위원의 질문에 패닉이 와서 제대로 답을 못 한 것도 같다. 그렇게 발표를 마치고 사무실로 돌아온 나는 발표 결과보다 우울증 세 글자에 사로잡혀 아무것도 할 수 없었다.

주말 아침, 평소와 달리 일찍 눈을 뜨고 설명하기 힘든 기분에 휩싸였다. 내 주변의 공기만 밀도가 높아진 것 같았다. 여전히 뇌는 잠들어 있는 듯 멍했고 배도 고프지 않았다. 순간 진짜 우울증일까 싶어 무서웠다. 신문에서나 보던 단어가 내 머릿속을 후비고 다니고 있어 도저히 견딜 수가 없었다. 그렇다고 바로 정신과를 가기에는 이 무서운 병을 너무 쉽게 인정하는 것 같아 싫었다. 한참을 고민하다 차선책으로 심리상담소를 검색했다. 마침 가까운 곳에 한 곳이 있었고 전화를 했다. 수화기 너머로 인사말이 들렸다.

"네, 심리상담소입니다. 무엇을 도와드릴까요?"

거짓말 같았다. 그 말을 듣는 순간 울음이 터진 것이
다. 입을 막은 손을 뚫고 나오는 오열은 내 의지가 아니
었다.

"괜찮습니다. 충분히 시간을 갖고 말씀하세요."

이 말은 푹신한 쿠션처럼 나를 기대게 했다. 얼굴을 파
묻고 더 힘껏 울음을 쏟아냈다. 이것이 다 내 속에 있었
나 싶을 만큼 울고 나니 그제야 민망해졌다. 얼굴도 모르
는, 그것도 남성을 수화기 너머에 두고 다짜고짜 울음부
터 터뜨리다니 황망해서 어쩔 줄을 몰랐다. 숨을 조금 나
누어 쉰 후 겨우 입을 열었다.

"제가 우울증이라는데 검사를 하고 싶어요. 가능한가요?"

그는 스케줄을 확인하더니 고맙게도 당일 예약을 잡아
주었다. 하긴 전화하자마자 다짜고짜 운 사람은 흔하지

💬 힘을 낼 수 없는데 힘을 내라니

않으리라. 찬물로 세수하고 나갈 채비를 했다. 차 키를 손에 쥐고 계단을 내려가는데 갑자기 후회가 밀려왔다. 운전석에 앉아 시트의 높이와 각도만 수차례 조정했다.

상담소에 도착한 후에도 문 앞에서 한참을 서성였다. 그냥 집으로 돌아가고 싶었다. 그러나 확인하지 않으면 계속 망상의 잡귀가 나를 괴롭힐 것 같아 손잡이를 꽉 쥐고 문을 밀었다. 따뜻한 분위기에 친절한 얼굴이 보였다. 좀 전에 통화한 남자가 반갑게 맞아주었다. 긴장을 풀 수 있는 모든 것이 갖추어진 곳이었지만 소파에 앉아 내 차례를 기다리는 동안 내 손톱은 남아나지 않았다.

"자, 이쪽으로 오세요."

드디어 차례가 되어 원장실로 들어갔다. 책상 앞의 그녀는 밝은 미소로 맞이했지만 나는 눈을 마주치지 못했다. 어쩌면 정말 우울증일지도 모른다는 생각이 들어 심장이 점점 빨리 뛰기 시작했다. 아랫입술을 이 자국이 날 만큼 세게 깨물고 있었다. 검사를 하지 않아도 알 것만 같았다. 난 우울증이었다.

심리상담소에서
집과 나무, 사람을 그리다

내 앞에 검사지가 놓였다. 마치 수능 시험을 보는 듯한
엄청난 양의 문항수였다. 이 외에도 문장을 완성하는 검
사지 등을 포함해 예닐곱 장의 질문지를 받았다. 이것들
을 보고 있자니 식은땀이 났다. 이 문제들을 잘 풀면 난
우울증이 아니라 단순한 기분 저하로 판명받을지도 모르
는 일이었다. 한 문항 한 문항 정성 들여 답을 해나갔다.

꽤 긴 시간을 들여 답한 후 검토까지 했다. 그러고서
상담사를 불렀다. 안내했던 그가 친절한 미소를 띠며 들

🍃 힘을 낼 수 없는데 힘을 내라니

어왔다. 손에는 A4종이가 몇 장 들려 있었다. 그는 나에게 나무, 집, 사람 등을 그리게 했다. 초등학교 4학년 때 미술학원 선생님에게 면박을 받은 이후로 그림에 등을 돌린 나다. 연필을 쥔 손이 빈 종이 위에서 어찌할 바를 몰랐다.

"그림 실력을 보려는 게 아니니 편하게 그리시면 됩니다."

그러나 내 마음은 전혀 편치 않았다. 지우개질을 몇 번씩 해가며 겨우 그림을 완성했다. A4종이 속 집과 나무, 그리고 사람은 조악하기 그지없었다. 인체 비례는 전혀 맞지 않았고 손도 뭉뚱그려져 있었다. 나무도 대충 그렸다가 너무 성의 없어 보일까 싶어 이파리 몇 개와 열매 몇 개를 덧붙였다. 집도 큼지막하게 그리긴 했으나 너무 주변이 휑뎅그렁해 보여 꽃도 몇 송이 심어주었다. 나의 상태가 더 나쁘게 판명될까 봐 불안한 만큼 사족이 많이 달렸다.

검사가 끝나고 대기실에서 잠시 기다렸다. 이제야 마음이 조금 놓여 주변을 둘러볼 수 있었다. 초록의 식물들

과 단정한 소파, 편안해 보이는 쿠션, 아이들을 위한 동
화책과 어른들을 위한 심리학책. 나는 쿠션을 끌어안고
심호흡을 했다. '결과가 나쁘지 않을 거야'라고 되뇌며 눈
을 감았다. 대기실에 흐르고 있는 잔잔한 음악도 들리지
않았다. 조금 있으니 방문 하나가 열리면서 상담사가 내
이름을 불렀다.

"고태희 씨, 이리로 들어오세요."

나는 주춤거리며 방으로 들어갔다. 방 안쪽엔 여러 심
리학책과 의학 서적이 가득했다. 문을 열자마자 보이는
책상은 작은 인형이 여러 개 놓여 있었을 뿐 깔끔한 상
태였다. 이 책상을 사이에 두고 상담사와 나는 마주 보고
앉았다. 원장이라고 자신을 소개한 그녀는 반갑게 인사
했다. 나는 차마 웃음을 건네지 못했다.

"결과가 어떻게 나왔나요?"

어떤 말을 해야 할까 고민하다가 결국 결과부터 물어

힘을 낼 수 없는데 힘을 내라니

보았다. 상담사는 책상 위에 검사 결과지를 넓게 펼쳐 놓았다. 그래프가 그려져 있었다. 처음 보는 그래프였지만 문외한인 내가 보아도 안정적으로 보이지 않았다. 상담사는 특정 부분에 표시하며 내가 만성의 높은 불안과 긴장 상태라고 했다. 더 중요한 것은 내가 이를 인지하지 못하는 것이라고 했다. 상태가 불안정한데 그걸 모르니 악순환이 계속되어 지층처럼 쌓여 굳었다고 했다.

상담사는 날 지그시 바라보며 병원 치료가 병행되어야 할 것 같다는 의견을 무겁게 말했다. 단순한 우울증이 아니라고도 했다. 자신의 소견으로는 양극성 정동장애가 의심된다고 했다. 나는 생전 처음 듣는 단어에 당황했다. 그것이 무엇인지 물어볼 엄두도 내지 못했다.

"일종의 조울증입니다. 조증과 울증이 번갈아가며 나타나는 거예요. 우리 상담소와 연계되어 있는 병원을 추천해드릴게요."

그러면서 서랍에서 약도를 한 장 꺼내 건넸다. 근처에 있는 정신과였다. 검사 결과지를 그 병원으로 보내놓을

병원 문을 두드리다 🌙

테니 가서 의사선생님을 만나보라고 했다. 종이 한 장이었지만 약도의 무게가 무겁게 느껴졌다. 약도를 보고 있자니 앞으로 잘 다닐 수 있을지 막막했다. 결과가 정신과를 다녀야 할 정도라니 그것 또한 앞이 캄캄했다. 나는 정말 병리학적으로 우울증이었다. 눈물이 터졌다. 상담사가 티슈를 뽑아 건네주었다.

상담사는 내가 인정에 대한 욕구가 높다고 했다. 이 때문에 어렸을 때부터 스트레스가 쌓여 왔을 것이고 회사에서도 업무 스트레스가 높았을 것이라고 했다. 이것에 대해 앞으로 차차 풀어가자고 이야기했다. 우울증은 한 가지 일로 생긴다기보다 과거의 여러 가지 일들이 복합되어 생기는 경우가 많으니 같이 알아가자고 했다.

다음 예약을 잡고 상담소를 나오면서 마음 한편으로는 조금 개운했다. 어두운 바닷속에 가라앉아 있던 무엇인가가 떠오르면서 그 형태가 조금 보이는 듯했다. 우울증, 그것도 양극성 정동장애. 이제 이것이 정확히 무엇인지

🍃 힘을 낼 수 없는데 힘을 내라니

알아보러 병원을 갈 차례다.

　심리상담과 약물치료는 병행되어야 한다. 약물에 대한 거부감으로 약물 복용을 중단하는 경우뿐 아니라 약물에 잘 반응하지 않는 35~40퍼센트의 환자를 위해서도 심리상담은 꼭 필요하다.[7] 단순히 자신의 이야기를 하는 것을 넘어 자신을 객관화하고 내면에서 벌어지고 있는 일을 바라볼 힘도 기를 수 있다.

　심리상담은 50분씩 진행되었다. 어릴 적 부모님과의 관계부터 발병의 원인이 되었던 마지막 회사 이야기까지 내 삶 전반에 대해 관조할 수 있었다. 물론 나의 과거를 다시 바라보는 일이 쉽지만은 않았다. 나는 상담사 앞에서 울고 또 울었다. 그리고 용기 내어 내 병을 똑바로 보게 되었다.

첫 진료의
눈물 젖은 티슈 다섯 장

심리상담소에서 병원을 추천받은 후 며칠을 고민했다. 우울증인 것을 알았지만 막상 정신과에 가려니 발이 바닥에 붙어 떨어지질 않았다. 심리상담사의 말과 전문 의료진의 판단은 무게가 달랐다. 의사선생님의 말은 선고와 같았다. 마치 법원 출두 명령서를 받은 것같이 마음이 편치 않았다. 인터넷을 뒤지며 우울증 자가치료를 찾아보기도 했다. 그러나 하나같이 믿음이 가지 않았다. 그렇게 시간을 흘려보냈다.

❦ 힘을 낼 수 없는데 힘을 내라니

긴 고민 끝에 병원에 가기로 했다. 다른 방도가 없었다. 그 당시 깊은 우울의 파도가 나를 덮치고 있었다. 하루하루 억울하고 답답했다. 밥을 제대로 먹지 못했는데 갑자기 폭식을 하기도 했다. 그러고 나서는 구토를 했다. 자괴감이 들어 거울도 볼 수 없었다. 절벽 끝자락에서 비틀대고 있었다.

겨우 찾아간 병원은 생각보다 작았다. 그렇지만 대기자가 많았다. 도착했을 때는 이미 대여섯 명의 환자가 기다리는 중이었다. 접수를 마치고 그들을 한 명씩 살펴보았다. 하나같이 정신과에 올 사람처럼 보이지 않았다. 모두 평온해 보였다. 한 아주머니는 여유롭게 잡지를 넘기고 있었고 다른 아저씨는 휴대전화로 뉴스를 보고 있었다. 나는 그런 사치를 부릴 수 없었다. 나를 보고 의사선생님이 무슨 말을 할지 걱정되어 아무것도 할 수 없었다. 이미 치료를 진행하고 있는 이들이 부러울 정도였다.

대기자는 금세 줄어들었다. 상담 시간은 그리 길지 않

은 것 같았다. 더 긴장되었다. 이렇게 짧은 시간 동안 내 이야기를 얼마나 할 수 있을까? 어떤 이야기를 해야 할까? 어디서부터 시작해야 좋을지 몰랐다. 그것보다 우울증이 맞다고 하면 어떤 표정을 지어야 할까? 머릿속이 복잡하던 찰나 간호사가 이름을 불렀다.

두려운 마음을 숨기지 못하고 진료실로 들어갔다. 나이가 좀 지긋한 의사선생님이었다. 진료실 가운데 편안해 보이는 의자에 앉아 인사를 나누었다. 의사선생님의 손에는 심리상담소에서 진행한 검사 결과지가 들려 있었다. 나는 제발 단순 우울감 정도이길 빌었다.

"환자 분은 단순 우울증이 아니라 양극성 정동장애입니다. 우울증과 조증이 번갈아가며 나타나는 거예요. 이게 타입 1이 있고 2가 있는데 환자 분은 경조증이 나타나는 타입 2입니다."

나의 바람은 깃털처럼 날아갔다. 나는 우울증인 것도 모자라 양극성 정동장애였다. 갑자기 배가 아팠다. 이제 어떻게 해야 할까? 많이 심각한 것인지 물어보았다. 의사선생님은 상담사와 비슷한 대답을 했다. 긴장도와 불안이 상당히 높은 상태인데 내가 이를 인지하지 못한다고 했다. 그래서 감정의 기복이 생긴다고 했다.

의사선생님은 최근에 특별한 일이 있었는지 물어보았다. 나는 회사에서의 일을 언급하며 상사와의 관계로 공황장애가 왔었다고 말했다. 키보드를 칠 수 없었던 일, 대로변에서 자버렸던 일도 털어놓았다. 이야기하는 동안 고개를 들 수 없었다. 죄책감인지 부끄러움인지 모를 감정이 나를 휘감았다. 그 자리에 앉아 있는 것이 내 잘못인 것만 같았다. 모든 일들이 나의 무능력 때문인 것 같았다.

"많이 힘드셨겠군요. 사람 때문에 힘든 게 제일 어렵죠."

이야기를 들은 의사선생님이 한마디 했다. 이 말을 듣자마자 눈물이 터졌다. 생전 처음 보는 사람 앞인데도 줄줄 흘렀다. 그때야 책상에 놓인 티슈의 용도를 알았다. 나는 양해도 구하지 않고 티슈를 뽑았다. 지금껏 약해 보일까 봐 누구에게도 하지 못한 말을 의사선생님에게 하기 시작했다.

의사선생님은 내 말을 다 들어주었다. 내가 받은 스트레스며 참은 화에 대해서도 공감해주었다. 그것이 쌓여 터진 거라며 어려운 걸음했다고 토닥여주었다. 이제부터 하나하나 치료해나가면 되니 힘을 내자고도 했다.

9

티슈를 다섯 장은 쓴 것 같다. 모두 꼬깃꼬깃 접어서 들고 나왔다. 이것이 내 첫 상담의 결과물이다. 처방전을 기다리며 휴대전화를 보니 20여 분이 지나 있었다. 꽤 긴 시간이었다. 내 앞의 사람들보다 긴 시간인 것 같아 왠지 기분이 좋았다. 특별 진료를 받은 느낌이랄까. 안도감과 함께 결과에 대한 신뢰까지 생겼다.

앨런 프랜시스의 『정신병을 만드는 사람들』에서는 첫 번째 진료의 아주 짧은 면담으로 내리는 진단을 경계한다. 두 번째 진찰에서 드러나는 증상이 사뭇 다른 경우가 많기 때문이다. 그러므로 겨우 7분 면담하고 처방하는 의사를 의심하라고 제안한다. 또한 진단 역량과 기술의 숙

💬 힘을 낼 수 없는데 힘을 내라니

련도로 전문가들을 평균적으로 평가해 서술한다. 정신과 의사, 심리학자, 정신 임상 간호사, 사회 복지사, 상담가, 정신 작업 치료사 순으로, 상태가 심각하다면 특히 내과적 문제도 함께 가지고 있다면 반드시 정신과 의사를 만나길 권고한다.[8]

나는 심리상담사의 소견과 정신과 의사의 진단을 바탕으로 치료에 돌입했다. 우연히 선택한 심리상담소가 정신과와 연계된 곳이라 그곳의 검사가 공신력 있었던 것 아닌가 싶다. 먼저 심리상담사와 충분한 초기 상담을 했고 그 의견이 의사에게 전달되었다. 불행 중 다행으로 의사도 초진 시 나의 상태를 알기 위해 긴 시간을 들였다. 그래서 내 진단에 대해 신뢰할 수 있었다.

어느 질병이 그렇지 않겠냐만은 특히 우울증은 의심되면 의사의 권위에 기대고 싶어진다. 확실한 판단을 듣고 싶은 것이다. 예약자가 많아 방문일 잡기 힘든 의사일수록 신뢰도가 높아지기도 한다. 반대로 막상 방문하면 실망하는 경우도 많다. 성의 없는 상담 후 처방전을 내미는 것이 다인 경우가 그렇다. 과연 환자의 상황을 이해하고 있는 것인지 의심스러운 마음이 드는 것도 사실이다. 명

성을 얻은 의사나 종합병원 의사일수록 심하다. 하루에 수십 명을 만나야 하니 환자 한 명에게 많은 시간을 할애할 수 없는 의사 입장도 이해가 된다.

첫 진료가 지나치게 짧았는데 진단을 확정받았다면 다른 의사에게 2차 소견을 구하라고 앨런 프랜시스는 권고한다. 3차, 4차 소견을 받아도 좋고 가족 의견도 들어보라고 한다.[9]

환자 각자의 성향이 다르기 때문에 그에 맞는 의사도 각각이기 마련이다. 이름을 쫓기보다 나에게 맞는 의사를 찾는 것이 중요하다. 처음 찾아간 의사가 실망스러운 진료를 하더라도 포기하지 말아야 한다. 나와 맞지 않는 의사라 생각하고 다른 의사를 찾도록 힘을 내야 한다.

힘을 낼 수 없는데 힘을 내라니

아빠에게
칭찬받고 싶었지만

아빠는 나에 대한 기대가 컸다. 육남매 중 셋째로 태어나 누나가 한 명이고 전부 남자여서 그런지 딸에 대한 애착이 컸던 모양이다. 어렸을 적 아빠와 찍은 사진을 보면 난 늘 아빠 무르팍에 앉아 있었다. 두 볼이 빨간, 별로 예쁘지도 않은 애를 아빠는 애지중지했다.

　나는 자라면서 공부를 곧잘 했다. 말도 빨랐고 한글도 빨리 뗐다. 아빠가 나를 보며 무엇을 꿈꾸었는지 모르겠지만 기대가 적지는 않았을 것이다. 어쩌면 아빠의 못 다

이룬 꿈을 이루어줄지도 모른다고 생각했을 것이다.

아빠는 공부를 잘했다. 지방 명문고를 나온 후 대학에 진학했다. 당시 고등학교에 다닌 것도 꽤 높은 수준의 교육을 받은 것인데 이후 대학까지 마쳤으니 나름 엘리트였다. 문제는 대학교의 이름이다. 아빠는 재수를 해서도 가고 싶은 대학에 못 갔다. 이것이 아빠에겐 천추의 한이다. 엄마 말로는 재수할 때 엄마를 만나 같이 노느라 둘다 대학 입시를 망쳤다고 한다. 그래서일까. 엄마도 대학 이름표에 아쉬움이 있다.

그 한을 나를 통해 풀고 싶었던 것 같다. 내가 당신이 못 간 대학에 들어가든지, 적어도 당신의 후배라도 되길 바랐던 모양이다. 고등학교에 다닐 때까지는 이런 바람을 직접 말한 적이 없었다. 수학능력시험 결과가 나오고 대학을 결정하면서 그 속마음을 드러냈다.

　

내가 수학능력시험을 본 해는 시험이 갑자기 쉬워져서 전국 평균이 마지막 모의고사 대비 53점 뛰었다. 나는 마

힘을 낼 수 없는데 힘을 내라니

지막 모의고사 대비 30점이 올랐으나 결론적으로 23점이 떨어진 것이었다. 전국 순위도 형편없이 나왔다. 하늘이 무너지는 것 같았다. 내 성적이라고 믿고 싶지 않았지만 일단 성적에 맞추어 원서를 냈다. 마음속으로는 재수를 다짐하고 있었다.

그러던 중에 집으로 한 통의 전화가 걸려왔다. 원서를 낸 대학 중 한 곳이었다.

"과 수석을 하셨습니다. 등록하실 거죠? 1년 장학금이 지급됩니다."

과 수석이라는 소식에 나와 엄마는 당황스러우면서도 기쁨을 감출 수 없었다. 그러나 아빠는 탐탁지 않아 했다. '그런' 대학의 과 수석 따위는 마음에 안 든다는 것이었다. 아빠는 뱀의 머리보다는 용의 꼬리가 낫다며 과 수석은 아무것도 아니라고 했다. 갑자기 반발심이 들었다. 아빠가 싫어하니 재수는 안중에도 없어졌다. 나는 등록을 하겠다고 선언했다. 그러자 아빠가 말했다.

"난 대학 등록금을 한 푼도 줄 수 없다."

나는 약 올리듯 대꾸했다.

"과 수석이라 등록금 안 내도 돼. 장학금 받고 가는 거야."

아빠와 엄마는 다시 생각해보라고 말렸지만 나는 괜한 오기가 발동했다. 과 수석이라는 타이틀에 끌리기도 했고 아빠 의견대로 하기 싫은 마음도 있었다. 나는 인하대학교에 등록했다.

등록하러 가면서 아빠를 이겼다는 승리감으로 어깨가 으쓱했다. 대학을 내 힘으로 다니다니 스스로가 기특했다. 앞으로 이곳에서 무언가 해내 보여 아빠에게 인정을 받겠다고 결심했다. 그런 생각을 하니 학교 안의 지나가는 사람들도, 학교의 호수도, 나무도 모두 달리 보였다.

입학하고 보니 같은 과 110명 중 여자는 나 혼자였다. 게다가 과 수석으로 들어와 사람들의 관심이 쏠렸다. 선배들도 교수님들도 다 나를 알고 있었다. 설상가상 1년 장학금은 그냥 주어지는 것이 아니었다. 1학기 성적이 어

꽃 힘을 낼 수 없는데 힘을 내라니

느 정도 이상 유지되어야 2학기에도 장학금을 받을 수 있었다. 저절로 긴장되었다. 아빠는 등록금을 주지 않겠다고 하니 공부를 열심히 할 수밖에 없었다. 다행히 1학기 성적이 괜찮게 나왔다.

신이 나서 성적표를 들고 아빠에게 갔다. 이만큼 이루었다고 자랑하고 싶었다. 그렇지만 아빠의 반응은 좋지 않았다.

"그 학교에서 만점을 못 받아?"

나는 내 방으로 가서 펑펑 울었다. 데이트에 한껏 꾸미고 나갔는데 남자친구가 알아주지 않은 것과 같은 서운함이 몰려왔다. 그간의 노력이 아무 의미 없이 느껴졌다. 성적표를 던져버리고 침대에 누웠다. 점심도 저녁도 먹지 않았다.

이때부터 아빠와 말을 하지 않았다. 아빠도 특별한 일

이 없으면 나에게 말을 걸지 않았다. 피차일반 서로에게 실망한 것이다. 나는 잘하는 모습을 보여주고 싶었다. 나름 노력했기에 칭찬받고 싶은 것뿐이었는데 아빠의 반응은 내게 적지 않은 충격이었다. 지금 돌이켜보면 아빠도 칭찬해주고 싶었을지도 모른다. 그러나 당신의 기대치가 워낙 높아서 생각과 달리 말이 뾰족하게 나왔을 것이라고 짐작한다.

여름방학이 지나고 2학기가 되자 나는 이런저런 핑계를 만들어 집을 나왔다. 학교가 생각보다 집에서 먼 것도 있지만 아빠를 피하고 싶은 마음이 컸다. 아빠를 보면 기대에 부응하지 못한 것에 죄책감을 느껴 나 자신이 작아졌고 저절로 고개가 숙여졌다. 이것을 견디기 힘들었다. 부모님의 반대가 심했지만 과외로 생활비를 충당하리라 다짐하며 기어이 집을 나왔다. 집에서 느끼는 압박감을 도저히 참을 수 없었다.

아빠도 나도 서로 연락하지 않았다. 3학년을 마치고 1년간 미국에 어학연수를 가 있을 때도 아빠는 내게 딱 한 번 전화했다. 그것도 미국인 룸메이트가 받았고 그 아이에게 내 안부를 묻고는 전화를 끊었다. 그것이 끝이었

힘을 뺄 수 없는데 힘을 내라니

다. 룸메이트가 날 바꿔주겠다고 했지만 아빠는 괜찮다고 했다. 그렇게 아빠와 나는 대학 시절 내내 대화라는 것을 하지 않고 지냈다.

아빠의 기대에 못 미친 대학 진학은 여전히 무거운 죄책감으로 남아 있다. 아직도 대학 이야기가 나오면 어깨가 살짝 움츠러들 정도다. 부모님뿐만 아니라 다른 사람을 실망시키면 안 된다는 강박은 내 스트레스의 가장 큰 원인이다.

미야지마 겐야는 『고마워, 우울증』에서 부모와의 어긋난 관계는 우울증을 일으키는 가장 큰 요인이라고 말한다. 자식이 부모와의 관계에서 괴로움을 느낄 때 우울증이 발생하기 쉬우며, 특히 부모가 심어준 과도한 기대에 부합하지 못할 경우 발병한다고 한다.[10] 나 역시 그랬다.

대학 시절로 돌아간다면 나에게 말하고 싶다. 아빠의 기대에 맞추어 판단하지 말고 네가 원하는 것이 무엇인지 고민하라고. 그것을 향해 자신 있게 걸어가라고. 그것이 네가 행복해지는 길이라고.

익숙해지라는
송곳 같은 말

내가 조울증에 걸린 이후로 남편은 어미 새가 되었다. 바람이 빠진 듯 무기력한 나를 위해 무엇이든 하려고 했다. 남편 나름대로 이 상황을 해결하고 싶어했다. 문제는 그것이 나를 더욱더 힘들게 만들었다는 점이다.

"이번 주말까지인데 한번 써봐."

그는 구인 공고를 끊임없이 물어다 주었다. 내 전공,

내 업무와 조금이라도 연관이 있으면 링크를 보내주었다. 나는 준비하지 못했는데 시험지를 받아 든 학생처럼 벌벌 떨었다.

컴퓨터 켜고 폴더를 열어 이력을 작성하는 일부터 버거웠다. 한 글자, 한 글자 키보드를 두드리면 역삼동에서의 일이 되새김질되었다. 아, 그날 그런 일이 있었지. 난 그래서 지금 이러고 있는 거지. 이런 생각이 들 때면 패배감에 깊숙이 파묻혔다.

어찌어찌 이력서를 작성하고 나서 제출 완료 버튼을 누를 때 느끼는 중압감도 말로 표현하기 힘들다. 거절당할 것이 분명한데 뽑아달라 하는 것은 마치 구걸하는 기분이다. 맨 정신일 때도 익숙하지 않은 일인데 우울의 바닷속에 있는 나에게는 더욱 힘들었다.

지원이 끝나고 나면 불합격 메일이 와도 합격 메일이 와도 문제였다. 불합격 메일이 오면 사회에서 또 한번 밀려난 것을 확인하는 꼴이라 며칠을 헤어 나오지 못했다. 귀가 얇아서 남편 말을 홀랑 들은 나 자신을 책망하기도 했다. 다시는 원서를 쓰지 않으리라 다짐도 했다.

합격 메일이 오면 더 큰일이었다. 면접을 봐야 하기 때문이다. 면접일이 다가오면 밥도 제대로 먹지 못했다. 아플 만큼 손톱을 바짝 자르기도 했다. 아침에 눈을 뜨면 집안을 뱅뱅 돌아다니며 괜히 물건을 치웠다. 면접 전날에는 다음 날 늦게 일어날까 봐 약도 먹지 않았고, 당일에는 새벽 네 시에 일어나서 나갈 준비를 했다. 불안감에 숨이 쉬어지지 않았다. 심호흡을 하며 진정해보려고 애를 썼다. 아껴두었던 예비약을 먹고 조금 나아지는 듯했으나 그래도 운전은 무리였다.

대중교통으로 면접장까지 가는 길은 내내 죽을 맛이었다. 북적이는 인파는 나를 바라보고 있는 것 같았다. "저 사람 우울증이군" 하며 비웃는 듯해서 고개를 들 수 없었다. 지하철에서 내려 출구로 나가야 하는데 통로를 메우고 있는 사람들을 헤치고 나갈 자신도 없었다. 사람들이 마치 물엿 같아서 내가 나아가려고 하면 되레 나에게 엉겨 붙을 것만 같았다. 난 그냥 인파에 쓸려 갔다.

지하철 출구를 나와 한 10분은 주저앉아 있었다. 내가 여기까지 어떻게 왔는지 기억나지 않았다. 아침부터 서두른 바람에 면접까지 한 시간이나 남았다. 근처 카페로 들어가 아메리카노를 시켰다. 면접을 볼 수 있을까? 대학

💭 힘을 낼 수 없는데 힘을 내라니

원 면접 때, 예전 직장 면접 때 당당했던 나는 대체 어디로 간 거지? 이깟 면접이 뭐라고 이러는지 자괴감이 몰려왔다.

다 식어버린 커피를 반이나 남기고 면접장으로 올라갔다. 안내를 받아 대기실로 가서 조금 기다리니 순서가 되었다. 면접관은 두 명이었다. 여러 가지 질문을 받았고 다행히 순조롭게 대답했다. 그러다 한 면접관이 물었다.

"이전 회사는 왜 그만두었나요?"

말문이 막혔다. 예상했음에도 막상 질문을 받으니 누가 망치로 뒤통수를 때린 것 같았다. 나는 말을 더듬었다. 한참을 중언부언하다 결국 개인 사정이라고 하며 말을 마쳤다. 면접관은 종이에 무언가를 적었다.

나는 면접에서 떨어졌다. 그러나 이 사실보다 더 서운하고 화가 나는 것은 남편의 반응이었다.

113

병원 문을 두드리다

"괜찮아. 다음에 또 지원하면 되지."

나더러 이 짓을 또 하라는 것이다. 내가 얼마나 힘들었
는지 아냐고, 이렇게 지원해서 떨어지는 일을 반복하는
것이 나에게 얼마나 상처가 되는지 아냐고 대꾸했다. 남
편은 이해하지 못했다. 익숙해지라는 대답이 돌아왔다.
예전에 다녔던 회사는 다 잊고 이제 떨어지는 것에 익숙
해져야 할 때라는 것이다. 자기가 도울 테니 다시 해보자
고도 했다. 나는 준비가 안 되어 있는데 말이다.

남편과 이야기를 하다 보면 결국 무지막지하게 화가
나서 울음을 터뜨렸다. 내 마음을 몰라주는 야속함에 인
생을 낭비하고 있다는 수치심이 겹쳐 화로 표출되었다.
나는 해결책을 달라는 것도 도와달라는 것도 아니었다.
그냥 마음을 알아주고 곁에 있어 주기를 바라는 것뿐이
었다. 하지만 남편은 자꾸만 해결책을 제시하며 자기 말
대로 하길 바랐다. 그것이 버거워 또 상처를 받았다.

사회로 돌아가고 싶은 것은 그 누구보다도 나다. 예전
의 나로 돌아가고 싶다. 그러나 지금은 숨 쉬는 것조차
힘든 상황이다. 집 밖을 나가는 작은 일조차 큰 결심을

❥ 힘을 낼 수 없는데 힘을 내라니

해야 하는 이 상황을 남편은 이해하지 못했다. 우울증과 우울감을 구분하지 못하는 듯했다. 남편은 매일같이 전화해서 기분전환을 하라고 했다. 맛있는 것을 먹으면, 쇼핑하면, 재밌는 것을 보면 기분이 나아질 거라고 말하는 남편을 보면 한숨이 나왔다. 쇼핑은커녕 재밌는 것을 봐도 웃음이 나오지 않는 상황인데 전혀 이해하지 못했다.

"익숙해져야지. 피하기만 하면 안 돼. 가서 마음에 드는 옷을 좀 사면 괜찮아질 거야."

또 남편은 송곳 같은 말을 했다. 아이 걸음마처럼 천천히 하다 보면 익숙해진다고 생각하는 모양이었다. 운동을 하라고도 했다. 헬스장을 등록해서 땀을 흘리면 기분이 좋아질 것이라고 했다. 나는 한숨을 쉬며 힘들다고 답했다. 문을 나서고 운전을 해 헬스장까지 가는 것이 너무 힘들고 다시 돌아올 것을 생각하면 막막하다고 했다. 남편은 안 해봐서 그런 거니 딱 한 달만, 아니 일주일만 해보라고 했다. 난 단 하루도 어려운데 남편은 전혀 공감을 하지 못했다.

배우고 싶은 것이 있으면 이럴 때 배우라고도 했다. 회사를 쉬는 것이 무슨 기회인 듯 이야기해 너무 서운했다. 계획이나 목표를 가지고 쉬는 것이 아닌데 이 시간을 활용하라고 말하니 아무것도 못하고 있는 내가 더 한심하게 느껴졌다. 남편은 영어도 공부하고, 중국어도 배우고, 재테크를 위해 주식도 공부해보라고 나를 몰아쳤다. 나는 올가미에 걸린 것처럼 숨이 막혀왔다.

이 싸움이 반복되다 보니 점점 고립감이 느껴졌다. 내가 이해받고 있다고 생각했는데 착각이라는 것을 깨닫는 순간 외로움이 덮쳤다. 혼자 사하라 사막에 서 있는 듯한 기분이었다. 목이 타는 듯한 고통이 엄습해오지만 오아시스를 찾을 수 없어 절망에 빠진 느낌이었다.

"나는 지금 쇼핑이나 운동을 할 수 있는 상태가 아니야. 우울한 상태가 아니라 우울증에 걸린 거라고. 병에 걸린 거야. 어디 나가서 기분전환을 하고 오면 나아지는 게 아닌 거야. 뭘 할 수 없는 상황인데 왜 자꾸만 뭐든 하라고 하는 거야. 그런 말을 들을 때마다 하지 못하는 내 자신이 짜증 나. 자괴감이 들어. 그러니 그런 말을 좀 하지 마. 그냥 내가 힘들다는 걸 알아주기만 했으면 좋겠어."

독일의 정신과 의사 만프레드 뤼츠는 우울증 환자를 괴롭히는 것은 우울증만이 아니며, 선의의 충고로 우울증을 참을 수 없게 만들어버리는 '정상인'들도 포함된다고 했다.[11]

누구도 상황을 악화시키기 위해 충고하지는 않을 것이다. 특히 상대방이 사랑하는 사람이라면 빨리 해결하기 위해, 그 사람의 고통을 멈추기 위해 충고할 것이다. 그러나 우울증 환자에게 충고란 날카로운 송곳과 같아서 이미 만신창이가 된 심장을 한 번 더 찌를 뿐이다.

어쭙잖은 위로는 더더욱 금물이다. 우울증은 하루아침에 나을 수 있는 병이 아니다. 도와주려는 사람도 마음의 여유가 필요하다. 주변이나 가족 중에 우울증을 앓는 이가 있다면 충고나 성긴 위로보다는 곁에 있어 주겠다는 신뢰를 보여주는 편이 나을 것이다.

실은 네가 질려 할까 봐
두려워

프란츠 카프카의 『변신』을 처음 읽은 것은 고등학생 때였다. 필독서 목록에 있어서 골랐던 기억이 있다. 그리 두껍지도 않았고 작가의 이름이 멋있어서 이목을 끌었다. 첫 문장부터 충격이었다.

"그레고르는 흉측한 벌레가 되어버린 자신을 보았다. 악몽에서 막 깨어난 순간이었다. 갑옷처럼 딱딱한 등이 느껴졌다. 머리를 살짝 들자 둥글게 부풀어

오른 복부로 시선이 갔다. 몇 줄기로 갈라진 골이 옴 푹 들어가 있었다. 복부에 걸린 이불이 금방이라도 미끄러져 내릴 것 같았다. 불안하게 꿈틀거리는 다 리는 여러 개였지만 몸통에 비해 비참할 정도로 가 늘었다."[12]

자고 일어나니 사람이 벌레가 된 것이다. 앞으로 이 가 족은 그레고리를 어떻게 대할 것이며 어떻게 살아나갈지 궁금했다.

𝟿

그날의 남편과의 통화는 매우 불안정했다. 나도 남편 도 날이 서 있었다. 나는 나대로 컨디션이 좋지 않아 터 지기 일보 직전이었고 남편은 남편대로 회사에서의 일로 짜증이 잔뜩 나 있었다. 그래도 매일 하는 안부 전화를 잊지 않고 걸어준 남편이었다.

"운동은 했어?"

"운동하기가 힘들어. 운동이 되지 않아."

"안 돼도 해야지. 안 된다고 그냥 있으면 어떡해. 제발 내 말대로 좀 해봐."

"안 되는 걸 어떡해! 내가 하기 싫어서 이러는 거 같아? 몸이 움직여지지 않는다고!"

남편도 이번에는 지지 않았다. 왜 자기가 하라는 대로 한번을 안 해주냐고 화를 냈다. 나는 하기 싫어서 안 하는 것이 아니라 할 수가 없다고, 몸이 움직여지지 않는다고 언성을 높였다. 제발 나를 이해해달라고 했지만, 남편은 이해하지 못했다. 남편은 우울증을 의지로 이겨낼 수 있다고 생각하는 사람이었다. 행복한 마음을 먹고 즐겁게 운동을 하면 이겨낼 수 있다고 믿었다.

전화를 끊고 싶었다. 그러나 남편은 할 말이 많은 듯했다. 지난번에 써보라고 했던 회사에 원서는 썼는지, 영양제는 잘 먹고 있는지, 집 청소는 잘하고 있는지 사사건건 물어보았다. 내 머릿속에 있는 작은 풍선 하나에 남편이 점점 공기를 불어 넣고 있는 것 같았다. 곧 터질 것만 같았다. 남편에게 그만하라고 했지만, 남편도 한번 시작한

💭 힘을 낼 수 없는데 힘을 내라니

김에 그간 쌓인 것을 모조리 털어놓으려고 마음먹은 듯
멈추지 않았다.

급기야 풍선은 터져버렸다. 나는 소리를 질러가며 제
자리에서 방방 뛰었다. 손에 잡히는 대로 쿠션이며 방석
이며 모두 바닥으로 던졌다. 평소 하지 않던 욕도 했다.

"그래서 나더러 어쩌라고? 이 지경이 돼서 아무것도 할 수
없는데 뭐 어쩌라고?"
"하나씩 해나가자는 거잖아. 내 말 좀 들어."

이야기는 쳇바퀴를 돌고 있었다. 어떤 결론도 내지 못
한 채 나는 신경질을 내며 전화를 끊었다. 소리를 너무
질러 아픈 목을 느끼며 마루에 드러누워버렸다. 남은 화
를 참지 못하고 두 팔, 두 다리를 허공에 버둥거리며 소
리를 질렀다. 이 모습을 나와 세 살 터울인 동생이 2층에
서 내려다보고 있었다. 사태가 진정된 후 동생이 내려왔
다. 내 주변으로 널브러진 방석과 쿠션을 주워 모두 제자
리에 두며 물었다.

"누나, 괜찮아?"

괜찮지 않다고 답했다. 미쳐버릴 것 같다고 했다. 터져
버릴 것 같다고도 했다. 동생은 바닥에 누워 있는 날 보
며 혼잣말을 하듯 말했다.

"누나가 이렇게 화내는 걸 38년 만에 처음 보는 것 같아."

나는 괴물이 된 기분이었다. 내 모습을 볼 용기가 나질
않았다. 카프카의 소설 『변신』에서 그레고르처럼 벌레로
변한 느낌이었다. 이대로 거울을 본다면 어그러진 내 표
정에 놀랄 것 같았다. 화를 주체할 수 없어 눈물이 났고
몸까지 경직되는 느낌이었다. 급기야 나는 흐느끼기 시
작했다.

동생이 화장지를 가져와 눈물을 닦아주었다. 그러면서
말했다. 자기가 옆에 있으니 울고 싶을 때는 울어도 된다
고. 많이 힘들면 참지 말고 자기한테 말하고 마음껏 울라
고 했다. 그 말에 가두어 두었던 내 안의 수문이 터졌다.
안심이 되어 나는 한참을 더 울었다.

🌶 힘을 낼 수 없는데 힘을 내라니

우울증, 혹은 조울증에 걸린다는 것은 평소의 나와는 완전히 다른 모습이 된다는 뜻이다. 제일 가까운 가족들은 처음 보는 모습에 매우 당황한다. 갑자기 게을러진 모습, 작은 일도 해내지 못하는 모습, 별것 아닌 일에 화를 내는 모습, 쓸데없는 일에 우는 모습 등 낯선 모습에 당혹감을 감추지 못한다. 그러나 가장 황당한 것은 환자 자신이다. 그렇게 변해버린 모습에 어찌할 바를 모른다.

소파에 앉아 목이 말라 입안이 건조해질 때까지 냉장고에 가지 못한다. 몸이 움직여지지 않기 때문이다. 날이 더워 땀이 흘러내리지만 샤워를 할 수 없다. 이 또한 몸이 움직여지지 않기 때문이다. 물 먹기, 샤워하기 등 사소한 것도 실행에 옮기기 힘든데 이런 사람에게 의지를 운운하는 것은 상처를 주는 일일뿐이다.

사람들은 우울증에 빠진 사람이 고통의 신호를 보내오면 도움을 주려고 노력한다. 알고 있는 지식을 총동원하기도 하고 때로는 책을 뒤져보기도 하면서 힘을 보태려고 한다. 그러나 시간이 흐른 뒤에도 환자가 별 변화가

없으면 서서히 지친다. 환자의 무기력한 모습에 짜증이
나기도 하고 자기 의견을 무시하는 것 같아 화가 나기도
한다. 환자의 입장도 마찬가지다. 받아들일 수 없는 충고
를 계속하는 그들을 보면서 부정적인 감정에 휩싸인다.

   도움을 주려는 사람은 환자가 충분히 노력하지 않는다
고 탓하고 환자는 그의 무심함을 비난한다. 급기야 그의
충고와 조언을 비난으로까지 받아들인다.

   『변신』에 보면 벌레로 변한 그레고르에 지친 그레테가
부모님에게 이렇게 말한다.

> "다른 방법이 없어요, 아버지. 저걸 오빠라고 생각하
> 니까 힘든 거예요. 지금까지 그렇게 믿은 게 우리의
> 불행이었어요. 생각해보세요, 저 짐승이 어떻게 그
> 레고르 오빠란 말인가요? 실제로 오빠였다면, 인간
> 이 자기 같은 짐승하고 한집에 살 수 없다는 것쯤은
> 벌써 알고 스스로 나가버렸을 거예요. 틀림없이. 그
> 랬다면 우리끼리 어떻게든 살아남아서 오빠를 추억
> 할 수 있었을 거예요."[13]

우울증 환자가 있으면 주변 사람들은 지치기 마련이다. 다리가 부러졌다거나 속이 쓰리다거나 하는 아픔과 달리 대응도 쉽지 않다. 그레테처럼 환자가 알아서 상황을 헤쳐 나가길 바라기도 한다.

나는 화를 내면서도 가족들이 변할까 노심초사했다. 내 짜증에 못 이겨 나를 포기하는 것이 아닐까 겁이 났다. 남편과 전화를 끊고 나면 늘 후회했다.

동생은 이런저런 말 대신에 어깨를 빌려주었다. 마음껏 울 수 있도록 말이다. 내가 벌레처럼 바둥거리며 울 때 묵묵히 쿠션을 제자리에 가져다 두었다. 다 울고 나면 물을 한 잔 갖다주며 기운을 차릴 수 있도록 해주었다. 내 편이라고 행동으로 보여주었다. 그것이 큰 위로가 되었다.

생각보다 괜찮았던
우울증 커밍아웃

조울증 판정을 받고 자신감을 상실했다. 감기나 위궤양 같은 가벼운 질병과는 차원이 달랐다. 마치 내가 다른 세계로 밀려난 기분이 들었다. 더는 이 사회에 속하지 못할 것 같은 괴리감이 나를 초라하게 만들었다. 매일 매 시간 약을 먹을 때마다 이 사실을 확인하는 것만 같아 우울감은 점점 심해졌다.

집 밖의 공기는 나를 밀어내고 있었다. 문을 열어젖히고 발을 내디딜 수가 없었다. 장을 보러 나가려고 몇 번 시도했지만 이질감이 느껴지는 공기에 도로 들어갈 수밖에 없었다. 나는 온라인 주문을 선택했고 그렇게 집 안에 갇혀버렸다.

친구들에게 전화가 오면 긴장했다. 행여 우울감을 들킬까 봐 목을 가다듬고 전화를 받았다. 일부러 목소리를 한 옥타브 올려 말했다. 친구들은 무슨 기분 좋은 일이 있냐고 물었다. 나는 "아니, 뭐 글쎄?" 정도로 대답했다. 목소리가 미세하게 떨렸지만 친구들은 알아채지 못했다. 술이나 한잔 하자는 제안에는 한참을 머뭇거렸다. 이런저런 핑계를 대면서 다음으로 미루었다. 어쩔 수 없이 승낙한 날은 두고두고 후회했다. 내 상태를 들킬까 봐, 어떤 표정을 지을지 몰라 아득했다.

모임을 나가는 것도 힘들었다. 나는 한 봉사단체에 몸담고 있었다. 워크숍이라든지 김장 봉사라든지 때때로 행사가 있었는데 이때 참석하는 것이 고역이었다. 나가지 않겠다고 말을 하는 것도 쉽지 않았다.

행사 통보 전화가 오면 쭈뼛대면서 참석하겠다고 겨우 답했다. 그렇게 전화를 끊고 나면 출근길 만원 지하철을 탄듯 가슴이 답답했다. 지금이라도 못 간다고 번복할까 생각했지만 다시 전화를 거는 것 또한 쉬운 일이 아니었다. 누가 나 대신 일상의 모든 것을 결정해주었으면 좋겠다고 생각했다. 그렇게 하루하루를 보내다 보면 행사 당일이 되었고 나는 도살장에 끌려가는 가축의 심정으로 몸을 이끌었다.

친구들과의 만남이든 봉사 모임이든 집 밖을 나갈 때는 마음의 준비가 필요했다. 마치 군인이 전장에 나가듯 챙겨야 할 것이 많았다.

일단 아침 약을 잊지 않고 삼키고 오후에 예기치 않게 나를 덮칠지도 모를 공황에 대비해 예비약 A를 지갑에 챙겼다. 그리고 소파에 앉아 오늘 하루 일정을 차례차례 떠올리며 시뮬레이션 해보았다. 화장하는 것을 시작으로 옷은 무엇을 입을지, 약속 장소에는 어떻게 갈지, 도착해서 누구를 만날지, 만나서는 무엇을 할지, 어느 정도 머무를지, 언제 다시 돌아올지 등을 차분히 그렸다. 변수가 생기지 않길 간절히 바랐다.

마지막으로 가면을 썼다. 이것이 제일 중요하다. 우울증에 걸린 내가 아닌 예전의 내 모습으로 가면을 단단히 썼다. 가면이 벗겨지면 큰일이었다. 조울증이라는 것을 들키고 싶지 않았다. 그렇지 않아도 사회에서 밀려난 듯 괴로웠는데 내 정신병을 들키면 완전히 선 밖으로 떨어질 것 같았다. 할 수 있는 한 가장 밝은 표정으로, 활발한 모습으로 애써 꾸몄다. 표정뿐이 아니었다. 목소리도 한 톤 높였고 행동도 조금 과장했다. 겉으로 보기엔 신이 난 듯 보였겠지만 안에서는 들킬까 봐 덜덜 떨고 있었다.

사람을 만나면 정말 반갑게 인사했다. 할 수 있는 가장 밝은 웃음을 지으며 안부를 물었다. 무언가 해야 할 일이 있으면 먼저 나서서 했다. 입이 말라 입맛은 하나도 없었지만 식사도 맛있는 척 한 그릇을 뚝딱 비워냈다. 토론이 필요할 때면 적극적으로 의견을 개진했고, 헤어질 땐 방향이 같은 이를 태워다주기도 했다. 가져간 예비약을 쓸 틈이 없도록 최대한 애썼다.

그렇게 하고 집에 돌아와서는 신발을 벗자마자 쓰러졌다. 가면을 쓰고 있는 것은 큰 에너지를 필요로 했다. 가면의 무게는 상당해서 온종일 감당하기에 벅찼다. 씻기도 힘들어 바로 침대에 누워버렸다. 겨우 막아두었던 우울감이 봇물 터지듯 밀려왔다. 오늘 하루의 가식이 나를 거세게 흔들었다. 나는 너덜너덜해졌다. 언제까지 이렇게 지내야 하는지 자괴감이 몰려왔다. 앞으로 한동안은 집 밖을 나가지 않겠다고 다짐하면서도 이런 생각을 하는 내가 싫었다.

⠀⠀⠀⠀⠀⠀⠀⠀⠀⠀⠀⠀⠀⠀⠀⠀⠀⠀⠀⠀,

하루는 친구와 통화를 하고 있었다. 무슨 이야기를 하고 있었는지는 기억나지 않는다. 아마 요즘 어떻게 지내는지 친구의 아이는 잘 크는지 등의 이야기였을 것이다. 그러다 친구가 "넌 잘 지내지?"라고 물었다. 갑자기 심장이 거세게 쿵쾅거렸다. 아랫배도 쥐어짜듯 당겼다. 이유는 모르겠으나 친구에게 내가 조울증인 것을 말하고 싶어졌다. 가면을 벗어보고 싶었다.

"나 실은 요새 별로 안 좋아. 나… 우울증이래. 정확히는 조울증."

🌱 힘을 낼 수 없는데 힘을 내라니

친구는 휴대전화를 뚫고 나올 기세로 대답했다.

"뭐라는 거야? 네가 무슨 우울증이야? 세상에 말도 안 된다. 병원에서 그런 거야?"

친구의 불신은 병원으로 이어졌다. 병원을 한 군데만 가서는 안 된다, 몇 군데 더 가봐야 한다며 목소리 높였다. 나는 맥없이 심리상담소와 병원에 다녀온 이야기를 털어놓았다. 친구는 그제야 조금 수긍했지만 그래도 조울증과 나는 전혀 어울리지 않는 조합이라며 이해할 수 없다고 말했다.

이런 친구의 반응을 들으니 나는 뜬금없이 눈물이 났다. 걱정해주는 것이 고마워서인지 내 처지가 처량해서인지 모를 눈물이었다. 친구는 진정하라며 마음을 굳게 먹고 힘을 내라고 했다. 금세 나아질 거라며 나를 믿는다고도 했다.

사실 친구가 해줄 수 있는 것은 별로 없었다. 응원의 말 정도일 것이다. 그래도 가면을 벗길 잘했다고 생각했다. 마음이 한결 가벼워졌기 때문이다. 친구는 나를 진심으로 걱정했고 그것으로 충분했다.

우울증 환자가 가면을 벗는 것은 큰 결심을 필요로 하는 일이다. 가면을 벗는 순간 믿었던 가족과 친구, 연인에게 이해받지 못하고 일시적인 슬픔 정도로 치부당하면 그 상처가 크기 때문이다. 이에 지레 겁을 먹고 더욱더 두꺼운 가면을 쓰려고 한다. 하지만 그들의 호의를 곡해해서는 안 된다. 경험한 적이 없는 사람은 절대 이해할수 없기 때문이다. 일단 작은 격려라도 건네받았다면 그들의 호의를 생각해야 한다. 자신의 기분을 망칠 각오를하고 곁에 온 그들의 용기를 이해해야 한다. 조금씩 가면을 벗는 연습을 해야 한다. 언제까지나 가면 뒤에 숨어지낼 수 없는 노릇이다. 나로 인해 주변 사람들이 힘들어하는 것도 내가 감당해야 할 몫이다. 우울증에 익숙해지지 않아야 한다.

💬 힘을 낼 수 없는데 힘을 내라니

딱 맞는
의사를 찾아서

내 첫 주치의는 심리상담소의 소개를 받아 찾아간 정신과 의사였다. 병원은 그리 크지 않았다. 여덟 명 정도 앉을 수 있는 소파가 있는 대기실과 진료실 두 개가 있을 뿐이었다. 작은 병원이었지만 예약을 하고 가도 기다리기 일쑤였다. 도착하면 항상 서너 명이 대기 중이었다.

의사선생님은 친절했다. 단순히 증상만 물어보고 끝내는 것이 아니라 남편과의 관계, 직장 상사와의 관계 등을 세세히 물었다. 그리고 같이 욕도 해주었다. 그럴 때면 눈물이 터져서 민망한 것도 모르고 엉엉 울었다. 테이블에 있는 티슈를 다 쓸 기세로 울다 나온 적도 있다. 한 번은 의사선생님이 그 직장 상사를 두고 이렇게 말했다.

"전형적인 경계성 성격장애구먼. 아주 전형적이에요."

나는 속이 다 시원해서 나도 모르게 울다가 크게 웃어버렸다. 감사하다고까지 말했다.

이 병원을 두 달 다녔다. 의사선생님은 무척 마음에 들었지만 문제는 약이었다. 나에게 맞는 약을 찾지 못했다. 잠을 제대로 자지 못해서 수면제를 처방받아 먹었는데 다음 날 울렁거림이 극심했다. 다른 약들도 부작용이 빠짐없이 왔다. 증상을 호소해도 개선되지 않았다. 사람이 많은 곳에 가면 울음이 터지는 공황장애도 여전했다. 여러 가지 증상이 호전되지 않아 결국 병원을 바꾸기로 결심했다.

두 번째 병원은 지인이 추천한 곳이었다. 예약제였는데 여긴 예약 잡기도 힘들었다. 그래도 일단 믿고 다녀보기로 했다. 먼저 피부발진을 일으켰던 약을 줄여서 부

▌ 힘을 낼 수 없는데 힘을 내라니

작용을 잡았다. 그리고 다리 떨림을 유발하던 약도 뺐다. 이렇게 약을 하나하나 맞추어갔다.

이곳의 의사선생님은 권위적이지도 딱딱하지도 않았고 삼촌같이 친근했다. 의사라고 할 때 으레 떠오르는 거리감이 없었다. 상담 시간도 충분해서 남편 이야기라든지 내 우울증의 원인인 직장 상사 이야기라든지 속에 있는 말을 마음껏 할 수 있었다. 따로 심리상담을 하지 않아도 될 정도였다. 그러나 이분과도 인연이 길지 못했다.

꽈

뒤이어 만난 내 또래의 의사선생님이 지금까지 인연을 맺고 있는 내 주치의다. 솔직히 처음에는 의사를 찾아보기 귀찮은 마음에 그냥 가장 먼저 눈에 띈 의사를 주치의로 지정했다. 몇 번 만나보다 영 아니면 바꿀 생각이었다. 그러나 다행히 지금까지 만나본 선생님 중 가장 이성적이면서 적극적인 선생님이었다.

그전 기록이 있어도 그것에 의존하지 않고 나에 대한 정보를 다시 수집하는 것이 좋았다. 선생님은 남편과의 관계에 주목했다. 지난 상사와의 관계에도 신경을 많이 썼다. 만약 의사가 모든 환자의 상황에 공감하려고 한다면 감정손실이 엄청날 것이다. 내 주치의는 가능한 선에서 내 상황에 공감하고 이성적인 교감을 나누며 내가 객관적인 정보를 인지하도록 도와주었다.

특히 조울증의 너울을 타고 감정의 기복을 겪고 있을 때 중심을 잡도록 많은 도움을 주었다. 기분이 좋아졌다고 약을 줄이고 나빠졌다고 약을 쉽게 늘리지 않았다. 기분이 좋은 시기에는 늘 이렇게 말했다.

"고태희 씨, 지금 어째서 괜찮은지 한번 잘 생각해보세요. 고태희 씨 마음에 달려 있어요. 이 시기를 잘 기억해두어야 힘든 시기가 왔을 때 잘 넘길 수 있어요."

힘든 시기가 와서 내가 약을 올려달라고 떼를 쓸 때도 마찬가지였다.

"나는 고태희 씨가 잘 넘길 수 있다고 생각해요. 무조건 약으로만 해결하려 하지 말고 예전에 좋았던 때를 생각하면

💬 힘을 낼 수 없는데 힘을 내라니

서 이 시기를 한번 잘 버텨봐요."

선생님 말대로 파도를 넘기고 나면 스스로가 기특했다. 우울증에 맞서는 법이 아닌 웅크리고 버티는 법을 조금씩 깨달아가고 있었다.

선생님은 술에 대해서도 비슷한 태도였다. 조울증의 최대 적 중 하나는 알코올인데 그 전에도 술을 워낙 좋아해서 기분에 따라 술을 들이켜 사고도 종종 쳤었다. 낙상 사고도 술을 마시고 벌어진 일이다. 불안 증세가 오면 약만으로는 버틸 수 없어 술을 찾는 것이다. 술이 나쁘다는 것을 알면서도 자꾸 손이 갔다. 알코올 중독이 될까 봐 겁도 났다. 나는 선생님에게 술을 마시지 않게 해주는 약을 달라고 했다. 이번에는 약을 처방해주긴 했다.

"난 고태희 씨가 잘 제어할 거라고 믿어요. 이 약도 도와주는 것에 불과해요. 의지를 갖고 마시지 않도록 해봐요."

자신이 없었다. 하지만 술을 마시지 않게 해주는 약이 있다는 것 자체로 큰 힘이 되었다. 플라시보 효과인지는 몰라도 그 약을 먹고 나니 술 생각이 나지 않기도 하고 마시려고 하니 구역감이 들기도 했다. 그 후로 이 약은 내 처방전에 항상 들어 있다.

우울증 이후 나는 8킬로그램이 쪘다. 조증이 올 때면 폭식과 구토를 반복하기도 했다. 섭식장애까지 오니 겁이 나 약 처방을 부탁했다. 의사선생님은 폭식을 제어하는 약을 처방해주며 말했다.

"이 약은 살을 확 빼주는 약이 아니에요. 식욕을 약간 조절해주는 약일 뿐입니다. 살을 빼려면 당연히 운동을 같이 해야 하는 거예요. 아시죠?"

약보다 의사선생님의 말이 나를 달라지게 했다. 우울의 바다에 한번 빠지면 파도에 휩싸이면서 방향을 잃는다. 이럴 때 좋은 의사를 만나는 것이 중요하다. 좋은 의사는 잘 맞는 약을 처방해주기도 하지만 환자가 길을 잃었을 때 다시 방향타를 쥘 수 있도록 해준다. 다음 번 너울이 닥쳤을 때 방향을 잃지 않고 스스로 헤쳐 나올 방법을 가르쳐준다.

힘을 낼 수 없는데 힘을 내라니

환자와 의사 간에 신뢰가 쌓이면 라포(Rapport)가 형성된다. 아론 벡은 『우울증의 인지치료』에서 라포가 형성되면 환자는 의사를 다음과 같이 느낀다고 했다.

- 자신의 감정과 태도에 호흡을 맞춘다.
- 동정적이고 공감적이며 이해심이 많다.
- 자신의 모든 '결점'에도 불구하고 수용한다.
- 자신의 감정이나 태도를 일일이 상세하게 말하지 않거나, 말하는 것에 제한을 두지 않고서도 대화할 수 있다.[14]

라포가 생기면 환자가 말을 하는 데 주저하거나 위축되지 않는다. 의사가 나의 옳고 그름을 판단하는 선지자가 아니라 '비판단적'인 동료라고 느끼는 것이다. 이것이 진솔한 대화의 기초가 된다.

내 주치의와 나는 라포가 잘 형성되었다고 생각해 더 이상 따로 심리상담을 받지 않기로 했다. 주치의와의 상담만으로도 충분히 치료에 대한 동기와 의지가 유지되었기 때문이다. 이 역시 불행 중 다행이었다.

3

아빠는 나에게 버럭 소리를 질렀다.

나는 억울했다.

눈물이 흘렀고 나도 아빠에게 소리를 질렀다.

나는 그런 게 아니라고 반박했다.

그러자 아빠의 손이 나의 뺨을 때렸다.

우울의 수원을 찾아서

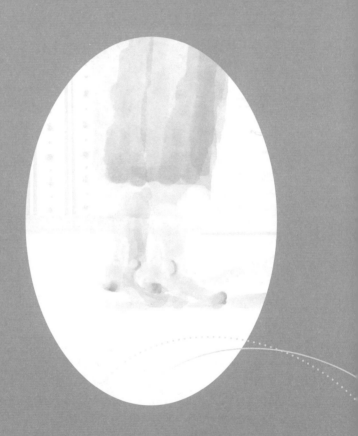

나보다 앞장서
걸어가는 사람

아마도 여섯 살 때였지 싶다. 아빠의 근무지를 쫓아 내려간 곳은 창원이라는 낯선 도시였다. 지금이야 널찍한 대로가 도시 중앙을 관통하면서 어엿한 행정수도로서 세련된 면모를 갖추었지만, 그 시절 창원은 어린 나의 기억에도 투박하고 억센 도시였다. 우리가 살 곳은 황량한 잔디밭 위에 툭툭 지어진 무심한 벽돌색 아파트였다. 래미안, 자이 등 요즘 아파트처럼 세련된 이름이 아니었고 회사명이 들어간, 소속감을 매우 고양하는 이름이었다.

그곳에서의 기억은 노란색으로 떠오른다. 내 첫 자전거에 관한 것이다.

여섯 살 생일 선물로 부모님은 자전거를 사주었다. 인어공주가 헤엄치고 있는 모습이 그려진 노란색 자전거였다. 거추장스러운 보조 바퀴도 달려 있었다. 노란 자전거에 투박한 검은 보조 바퀴라니, 이 경악할 미감을 어떻게 할 것인가. 그래도 초보이니 혹시 모를 사태에 대비해 잠깐 그대로 두기로 했다. 자전거를 타본 적도 없는데 이미 탈 수 있을 것 같은 자신감이 넘쳐흘렀다.

'조금만 있어 보라지. 내 너를 산뜻하게 위로 밀어 올리고는 당당하게 페달을 밟을 테니.'

5층짜리 아파트에는 엘리베이터가 없었다. 여섯 살 꼬마가 무거운 자전거를 들고 5층까지 가기는 역부족이었다. 게다가 이곳은 사원 아파트 아닌가. 안동 김씨 집성촌처럼 우리는 모두 한 가족이다. 누군가 도둑질을 할지도 모른다는 생각을 했다는 사실만으로도 원성을 사는 곳이었다.

힘을 낼 수 없는데 힘을 내라니

구름 한 점 없는 맑은 어느 날, 자전거가 없어졌다. 난 분명히 1층 입구에 여느 때처럼 자전거를 고이 세워 놓았고 자물쇠도 채운 것으로 기억한다. 우리 공주님이 잘 잠든 것을 확인하고 올라왔는데 밤새 누군가 우리 공주님을 업어 가버린 것이다. 이 세상 어느 나쁜 놈이 내 공주님을 납치했을까? 억울하고 화가 나 주저앉아 목 놓아 울었다. 그러나 눈물만으로 자전거를 찾을 수 없다는 것 정도는 알고 있었다.

이윽고 아파트를 1동부터 뒤지기 시작했다. 각 동의 꼭대기까지 오르내리는 것은 여섯 살에게 쉽지 않은 일이다. 헉헉대면서도 아파트를 다 훑을 기세였다. 이래도 못 찾으면 어쩌지, 자전거를 집 안에 넣어두었으면? 누가 벌써 어디 팔았으면? 어린아이가 상상할 가능성은 여기까지였다. 이것만으로도 충분히 두려웠다.

그렇게 반나절 즈음 지났을까 어느 한 동 입구에서 내 공주님을 발견했다. 처음엔 내 자전거 같지 않았다. 보조 바퀴가 위로 올라가 있었다. 대체 어느 놈이 우리 공주님

을 이리 험하게 다루었단 말인가. 반갑기보다는 안타까
웠다. 당장 뛰어가서 살펴보고 싶었지만, 공주님의 다른
얼굴 때문에 아직 내 것이라는 확신이 없었다. 그대로 눈
물을 흩날리며 엄마에게 뛰어갔다. 엄마는 끼고 있던 고
무장갑을 벗어 던지고 그곳으로 함께 가주었다. 다행히
우리 공주님은 약간은 지쳐 보였지만 그대로 있었다.

그때 앞머리를 일자로 정성 들여 자른 남자아이가 터
벅터벅 걸어왔다. 난 직감으로 알았다. 저놈이다. 아니나
다를까 너무 능숙하게 시커먼 자물통을 열었다. 나는 그
대로 얼어붙었고 엄마는 그 아이에게 갔다. 둘의 대화는
기억나지 않는다. 그저 대화라고 할 만큼 조곤조곤 이야
기했던 것으로 기억한다. 결국 그 일자 머리 소년의 부모
님을 만나는 사태까지 벌어졌고 사과도 받았다. 우리가
뒤돌아서자 문이 세게 닫힌 것으로 보아 그날 소년은 엉
덩이든 종아리든 불이 났을 것이다.

집으로 돌아오는 길, 난 자전거를 타지 않고 끌고 왔
다. 거친 남자애의 손길에 얼마나 놀라고 당황했을까 생
각하면 안쓰러워서 내 몸을 앉힐 수 없었다. 이미 여러
군데 긁힌 자국도 보였다. 집에서 닦을 것을 가지고 내려

❯ 힘을 낼 수 없는데 힘을 내라니

가 인어공주의 얼굴을 잘 닦아주었다. 검은 칠이 조금 없어지니 예전의 단아한 모습을 찾는 것 같았다.

꼐

이날이 내가 기억하는 엄마의 첫 모습이다. 내가 난관에 빠졌을 때 구원의 손길을 내밀어준 엄마의 모습이 강하게 새겨진 듯하다. 대체 자전거가 어디 있냐고 물으며 내 앞을 척척 걸어가던 엄마의 뒷모습에서 후광이 비치는 것 같았다. 우리 엄마라면 자전거를 되찾아줄 것이라는 굳은 믿음으로 엄마의 잰걸음을 바삐 쫓았다.

2형 양극성 정동장애 판정을 받고 휴직계를 낸 후 한동안 집에 연락하지 못했다. 퇴사를 하고 나서야 겨우 이 사실을 집에 알렸는데 아빠보다는 엄마에게 말하기 좀 더 수월했던 이유가 아마 이 노란 자전거 때문이 아닐까 싶다. 그냥 우울증도 아니고 2형 양극성 정동장애라는 생전 들도 보도 못한 병에 걸렸다고 말해야 하는 나로서는 무슨 죄를 지은 것처럼 입을 떼기가 쉽지 않았다. 감기에 걸리기만 해도 온종일 전화를 하는 그분들에게 정신질환을 이야기한다는 것은 공포에 가까웠다.

하지만 그보다 나 자신이 더 두려웠다. 지금까지 이룬 모든 것을 잃어버리고 끝 모를 우울함으로 가라앉는 내가 너무 무서워 어찌할 바를 몰랐다. 누구라도 붙잡고 나 좀 살려달라고 말하고 싶었다. 눈물을 훔치며 휴대전화의 주소록을 뒤져보았지만, 전화를 걸 수 있는 사람은 없었다. 결국 엄마였다. 꺽꺽 넘어가는 숨을 삼키며 엄마에게 전화를 걸어 나는 우울증이고 회사는 퇴사했고 죽겠노라고 이야기했다.

지금까지 살면서 엄마와 관계에서 많은 일이 있었다. 자전거를 찾아준 일처럼 내 바람에 부응한 일보다는 의견이 충돌한 일이 더 많았다. 하지만 난 이 자전거의 기억을 아직도 소중히 간직하고 있다. 일종의 부적 같은 것이다. 힘든 일이 있을 때 이 일을 떠올리고는 엄마에게 전화해 의견을 물어본다. 그 의견을 따르느냐 아니냐는 차후 문제다. 그저 나보다 앞장서 걸어가는 사람이 있다는 것, 그것이 큰 힘이 된다.

힘을 낼 수 없는데 힘을 내라니

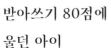

받아쓰기 80점에
울던 아이

초등학교 때 나는 공부를 잘하는 아이였다. 부모님의 기대에 한 치의 어긋남도 없이 자랐다. 성적표는 '수'로 채워졌고 중간 중간 보는 쪽지 시험도 늘 백 점이었다. 우리 집에서 내가 백 점 받는 것은 별로 큰 일이 아니었다.

시험 칠 때면 다른 아이들보다 유독 많이 긴장했다. 이번 성적이 좋지 않으면 어쩌나 하는 불안에 빨리 성적표를 받고 싶었다. 성적표가 나오는 날 100이라는 숫자를 보아야 안도의 한숨을 내쉬며 자리로 돌아가곤 했다. 선생님의 칭찬은 덤이었다.

초등학교 2학년 때로 기억한다. 그날은 받아쓰기 시험이 있었다. 전날 엄마와 시험 범위의 어려운 낱말을 연습했는데 두어 개 정도가 헷갈렸다. 등교할 때도 그 낱말들이 머릿속에서 뒤죽박죽되어 떠나질 않았다. 신발을 신는 나의 등 뒤에서 엄마가 다시 한번 강조하며 말했다.

"시험 잘 봐, 백 점 맞아야 해!"

나는 무거운 바윗돌 하나를 가슴에 품고 학교로 향했다. 틀리면 안 된다고 생각하니 더 외워지지 않았다. 자음 모음이 분해되어 돌아다닐 뿐 낱말이 머릿속에서 자리 잡지 못했다. 수업 시간에도 전혀 집중하지 못하고 그놈의 망할 낱말들만 신경 쓰고 있었다.

드디어 국어 시간이 되었다. 선생님은 책을 모두 집어넣고 받아쓰기 공책을 꺼내라고 했다. 나는 긴장한 채로

힘을 낼 수 없는데 힘을 내라니

공책을 꺼냈다. 그리고 책상에 가방을 올려 칸막이를 만들었다. 선생님이 제발 그 낱말을 부르지 않길 빌고 또 빌었다.

1번부터 하나하나 적어갔다. 그날따라 아는 낱말도 자신이 없었다. 지우개질도 점점 잦아졌다. 그렇게 6번까지 그럭저럭 순조롭게 넘어갔다. 대망의 7번. 믿을 수 없었다. 나의 간절한 바람은 깃털처럼 날아가고 선생님은 낭랑한 목소리로 제일 헷갈리던 낱말을 불렀다. 손이 떨렸다. 받침이 뭐였더라. 쓰고 지우기를 여러 번 해 공책이 찢어질 지경이었다. 답을 쓰지 못했는데 8번으로 넘어가 머릿속이 하얗게 되어버렸다. 선생님이 다시 한번 반복해서 낱말을 불렀을 때 겨우 듣고 받아 썼다. 나머지 9번, 10번을 받아 쓸 때도 마음은 7번에 가 있었다.

'아, 7번 뭐지? 받침이 뭐지?'

10번까지 다 썼는데도 끝내 생각나지 않았다. 이윽고 선생님이 가방을 내리고 짝꿍과 공책을 바꾸라고 했다. 필통에서 빨간 색연필을 꺼내면서 친구의 7번부터 보았다. 나와 답이 달랐다. 순간 정답이 떠올랐다. 친구의 답이 맞은 것이다.

채점용 색연필 껍질을 벗길 생각도 못한 채 고개를 푹 숙이고 있는데 선생님이 칠판에 답을 써내려갔다. 내 받아쓰기 공책에 동그라미가 쳐졌지만 하나도 기쁘지 않았다. 칠판에 답이 하나씩 적힐 때마다 입고 있던 옷이 하나씩 벗겨지는 듯 수치심이 느껴졌다.

선생님은 드디어 7번 답을 썼다. 짝꿍의 답은 예상대로 맞았다. 짝꿍은 나를 한번 쳐다보더니 매정하게 작대기를 그었다. 나는 풀이 죽은 채로 동그라미를 쳤다. 가슴이 저릿했다. 시험 전에 한 번 더 볼걸, 후회막급이었다. 겨우 눈물을 참았다. 문제는 다음 8번이었다. 난 8번도 틀렸다. 7번을 신경 쓰다가 8번까지 틀려버린 것이다. 연속으로 작대기가 그어졌다. 눈물이 났지만 부끄러운 마음에 크게 울지는 못했다. 채점이 끝난 후 언제나 하던 것처럼 선생님은 말했다.

"백 점인 사람, 손 들어보세요."

힘을 낼 수 없는데 힘을 내라니

몇몇 아이들이 손을 들었다. 나는 손을 들지 못하고 대역죄인이 된 듯 앉아 있었다. 작대기가 선명히 두 개 그어진 받아쓰기 공책을 보며 겨우 눈물을 닦아내고 있었다. 80점은 내 받아쓰기 공책에서 처음 발생한 점수였다. 이 사실을 어떻게 받아들여야 할지 몰랐다.

수업을 마치고 청소까지 한 후 집으로 돌아가는 나는 마치 패잔병과 같았다. 집이 너무나 멀게 느껴졌다. 좋아하는 뽑기도 하지 않고 아이스크림도 사 먹지 않고 신발주머니를 무릎으로 차며 터덜터덜 걸어갔다. 오늘의 사태를 엄마에게 어떻게 말해야 할지로 머릿속이 복잡했다. 집에 가는 발걸음이 너무나 무거웠다. 무슨 일이 생길 것 같았다.

걷다 보니 집이 보이는 골목길에 도착했다. 대문이 보였지만 발을 뗄 수 없었다. 집 앞 담벼락에 등을 기대고 서서 한참을 있었다. 나를 자책하다 신발주머니를 바닥에 놓고 주저앉아 울기 시작했다. 한 번 울음이 터지니 걷잡을 수 없었다. 어제 공부하면서 제대로 보지 않은 것이 한심했고, 오늘 시험 보기 전에 한 번 더 보지 않은 것도 후회되었다. 후회가 몰려오면서 서러웠다. 엄마 생각도 났다. 미안하기도 하고 무섭기도 했다.

대문을 보면서 한참을 울고 있는데 문이 열렸다. 엄마가 나왔다. 엄마를 보니 울음이 더 커졌다. 엄마는 내가 올 시간이 됐는데도 오지 않아 나와본 것이었다. 울고 있는 날 발견하고는 내 쪽으로 다가왔다. 무언가 직감했는지 왜 우는지 물어보지 않았다. 일어나 들어가자고만 했다. 앞서가는 엄마 뒤를 따라가면서 참아보았지만 울음은 계속 새어나왔다.

$$\mathcal{9}$$

어려서부터 공부를 곧잘 해서였을까 아니면 맏이였기 때문일까, 난 부모님을 실망시키면 안 된다는 부담을 항상 지니고 있었다. 받아쓰기 같은 아무것도 아닌 시험조차 큰 부담이었다. 공부로 혼난 적은 없지만 무언의 압박이 있었다. 공부 잘하는 딸, 말 잘 듣는 딸로 커주길 바라는 부모님의 기대에 부응하기 위해 무던히도 노력했다.

앨버트 엘리스는 수년간의 연구 끝에 다양한 비합리적 신념이 세 가지로 구분된다는 것을 밝혀냈다.

힘을 낼 수 없는데 힘을 내라니

1. 나는 어떤 상황에서든 주어진 일을 반드시 잘 수행해야만 하고 중요한 타인에게서 인정을 받아야만 한다. 그렇지 않으면 나는 부족하고 사랑받을 수 없는 사람이 된다.

2. 사람들은 어떤 상황에서든 나를 반드시 공정하게 그리고 친절히 대해야만 한다. 그렇지 않으면 그들은 몹쓸 인간이다.

3. 세상일은 항상 반드시 내가 원하는 대로 되어야 하고, 대부분 즉각적인 만족이 뒤따라야 하며, 내가 힘들게 세상을 변화시킬 필요가 없어야 한다. 그렇지 않다면 이는 정말 끔찍하고 참을 수 없는 일이며 그런 상황에서 내가 행복해진다는 것은 전적으로 불가능하다.[15]

나의 잘못된 믿음은 1번에 해당했다. 시험을 잘 봐 백점을 받아도 나 스스로 잘해서 기쁜 것이 아니라 부모님을 실망시키지 않았다는 안도감에 기뻤다. 이런 경우 흔히 불안, 우울, 무가치감, 자기 비난을 초래한다고 엘리스는 말했다. 또한 흑백 논리와 싸잡아 명명하기

(Labeling) 식의 비논리적인 과잉 일반화를 보인다고도 했다. 인간이라면 누구나 실수할 수 있는데 이런 잘못된 믿음을 지니고 있다면 분명 비현실적이라는 것이다.

나의 인정 욕구는 부모님을 넘어 선생님, 그리고 사회에 나와서는 선배로까지 이어졌다. 누군가가 나를 비난한다면 그것을 확대 해석했고 급기야 고립감을 느꼈다. 나에게 오는 비난을 참기 힘들었다. 보통 사람이라면 털어낼 수 있는 작은 비난도 나에게는 심장을 파고드는 가시가 되었다. 게다가 원인을 나에게서 찾았고 이로 인해 나는 점점 작아졌다. 만회하려고 무엇이든 더 잘해내려고 애썼다.

💚 힘을 낼 수 없는데 힘을 내라니

주어가
내가 아닌 삶

초등학교 3학년이 시작되고 얼마 지나지 않아 우리 가족은 부산에서 부천으로 이사했다. 부천의 초등학교는 매달 보는 월말고사에서 아이들 등수가 이야깃거리일 만큼 엄마들의 치맛바람이 꽤 쎈 곳이었다. 전학을 오자마자 얼마 뒤 월말고사를 보게 되었다. 운 좋게 성적이 잘 나와 전교 1등을 했다. 모두들 1등 한 아이가 누구냐고 수군거렸고 엄마는 그 말과 시선을 즐기며 뿌듯해했다.

이후 성적을 유지하기 위해 공부를 열심히 해야 했다.

시중에 나와 있는 문제집이란 문제집은 다 풀었다. 엄마는 서울에 가서 강남 아이들이 푼다는 문제집을 공수해 오는 정성까지 보였다. 과목별로 문제집의 두께가 엄청 났다. 초등학생의 정서 따위는 아랑곳하지 않은 흑백의 문제집으로, 보고 있으면 지루하기 짝이 없었지만 나는 묵묵히 풀었다.

만화영화를 보고 싶어도, 친구와 롤러스케이트를 타고 싶어도 엄마가 정해준 분량을 다 풀어야 할 수 있었다. 점수나 등수에 그다지 욕심이 없었지만 좋은 점수를 받지 못하면 죄를 짓는 것 같아 싫었다. 엄마가 실망하는 것이 싫어서 시키는 대로 문제집을 풀었다. 그저 엄마가 기뻐하면 천만다행이었다.

9

4학년이 되면서 엄마의 건강이 안 좋아졌다. 학교에서 돌아오면 누워 있는 모습을 자주 보았다. 엄마의 신경을 거스르지 않아야 했다. 집에 오면 누가 시키지 않아도 알아서 숙제부터 했다. 그 외에도 자잘한 집안일을 도왔다.

힘을 낼 수 없는데 힘을 내라니

설거지가 안 되어 있으면 해놓았고, 집 안이 지저분하면 청소기를 돌렸다. 1학년인 동생을 챙기는 것도 내 몫이었다. 집안일을 마친 나는 언제나 숨죽여 엄마의 칭찬을 기다렸다. 엄마는 때때로 "잘했어" 또는 "고마워"라고 말했는데 그 말을 듣는 것이 너무 좋았다. 따뜻한 그 말을 듣고 싶어서 더 열심히 설거지를 하고 청소를 했다.

전문 심리치료사 하인즈 피터 로어의 『착한 딸 콤플렉스』에서는 '희생자 정체성'을 의존성 인격 장애의 전형적 특징으로 들고 있다. 그는 많은 아이가 부모를 위해 희생한다고 말한다. 아이는 몸이 좋지 않거나 힘든 일을 겪고 있는 부모를 보면 이를 구원해주고 싶다는 욕망을 느낀다. 이는 부모에게 사랑받고 싶은 욕구의 일종으로 부모의 상황을 개선할 수 있는 일에 최선을 다하는 것으로 나타난다. 아이들은 생각보다 민감하게 가족 내에서 일어나는 일을 감지한다. 엄마가 힘들어한다면 집안일을 돕고 동생을 돌보며 슬픈 엄마를 위로하려고 한다. 이때 아이들은 남을 돕고 남에게 기여하는 과정에서 의미 있는 사람이 된 것 같은 느낌에 사로잡힌다. 혹은 그런 노력으로도 엄마의 슬픔이 사라지지 않거나 사랑이 충분히 표

현되지 않으면 불안하고 공허감이 밀려오면서 쓸모없는 존재가 된 것 같은 기분에 젖는다.[16]

나는 부모님의 관심을 받기 위해 좋은 성적을 내려고 노력했고 더불어 착한 딸이 되려고 애썼다. 내가 한 행동이 좋은 결과를 가져오지 못할까 봐 늘 전전긍긍했다.

9

5학년 때 영어 말하기 대회가 있었다. 나와 내 친구가 반 대표로 나갔다. 토끼와 거북이 역할을 각자 맡아 일종의 연극처럼 하기로 했다. 친구의 아버지가 대본을 써주고 나와 친구는 대본을 외웠다. 영어는 잘 외워지지 않았다. 그렇지만 담임선생님도 부모님도 실망시킬 수 없어 밤을 새워가며 외웠다.

대회날이 되었고 잔뜩 긴장해서 첫마디인 "Hello" 다음부터 기억이 나지 않았다. 대본을 보는데 너무 낯설었다. 어떻게 해야 할지 당황스러워 이대로 시간이 멈추었으면 좋겠다고 생각했다.

예상대로 대사를 잊어서 망쳐버렸다. 중간에 포기하고

💙 힘을 낼 수 없는데 힘을 내라니

내려오면서도 너무 억울했다. 잠도 제대로 못 자고 했는데 이렇게 허무하게 끝나니 허탈했다. 무엇보다 선생님을 어떻게 봐야 할지 엄마에게는 뭐라고 말해야 할지 난감했다.

교실로 돌아가 책가방을 챙기는데 담임선생님이 왔다. 선생님을 보니 눈물이 터졌다. 친구는 멀쩡히 서 있는데 나만 대성통곡하고 있었다. 선생님은 등을 두드리며 괜찮다고 했다. 겨우 숨을 가다듬고 대답했다.

"잘못했어요. 선생님."

선생님은 잘못한 것이 아니라고 했다. 열심히 했으니 그것으로 충분하다고 했다. 하지만 나는 죄책감을 떨칠 수 없었다. 선생님의 얼굴을 보기도 힘들어 고개를 푹 숙이고 교실을 나왔다.

집 앞에서도 들어갈 용기가 나지 않았다. 부모님에게 내가 실패했다는 소식을 전하기가 힘들었다. 그것도 대사를 까먹어서 이 사태가 났다는 것을 말이다. 거짓말을 해볼까도 생각했지만 잘할 자신이 없었다.

엄마는 결과가 어떻게 되었는지 물었다. 대답도 하기 전에 울음이 터져 대답을 대신했다. 엄마는 괜찮다고 했지만 실망감을 느낄 수 있었다. 너무 미안해서 더 울 수도 없었다.

대회에서 1등을 하겠다는 욕심보다 담임선생님에게 그리고 부모님에게 칭찬받고 싶다는 생각이 더 컸다. 이 두 가지는 엄연히 다르다. 전자는 내 안으로부터의 만족이고 후자는 외부로부터의 인정이다. 난 항상 외부의 기대에 부응하려고 노력하며 살았다. 만족의 기준도 내가 아닌 다른 사람의 칭찬이나 평판이었고 그것들이 있어야 안심했다. 결국, 나를 위한 기준은 어디에도 없었다. 그래서 늘 다른 사람의 실망과 비판이 두려웠고 그것을 피하려고 끊임없이 고군분투해왔다. 요컨대 고민의 주어가 내가 아니었다.

미야지마 겐야가 말했듯 타인이 주어인 고민은 내가 해결할 수 없다. 상대는 바꿀 수 없기 때문이다. 이제는 남의 시선을 살피기보다 나의 인생 목표를 생각해보아야 할 때다.

부모님을 오해하고
미워했던 시간들

내 기억에 어렸을 적 아빠는 유쾌한 사람이었다. 부산에
살았던 당시 주 6일 근무에도 불구하고 일요일마다 어떻
게든 시간을 내서 가족과 밖으로 놀러 갔다. 물 있는 곳
으로, 산 있는 곳으로 우리를 데려갔다. 텐트를 치고 고
기를 구우며 나와 내 동생이 뛰어노는 것을 흐뭇하게 바
라보는 것이 당신의 낙이었다. 물장구를 한참 치고 나와
서 먹었던 고추장찌개의 맛은 아직도 또렷하다.

　집으로 손님도 많이 찾아왔다. 아빠 친구, 회사 동료

등으로 주말마다 집은 북새통이었다. 엄마는 음식을 해 나르느라 정신 없었다. 엄마의 주메뉴는 미더덕찜으로 어린 내가 먹기에는 매운 음식이었지만 나는 곧잘 먹었다. 한 상 그득한 저녁 식사가 끝나고 나면 정리하느라 분주했던 엄마의 모습이 기억난다.

부천으로 올라오고 나서부터는 놀러 다니는 일이 점점 잦아들었다. 아빠는 너무 바빴다. 어린 나이에도 나는 무언가 집안이 달라지고 있다는 것을 느낄 수 있었다. 엄마의 표정에서, 아빠의 행동에서 알 수 있었다. 엄마는 웃음이 없어졌고 아빠는 화가 많아졌다. 두 사람은 자주 다투었고 나와 남동생은 조금만 언성이 높아져도 긴장하는 날이 늘었다.

$$\mathcal{9}$$

어느 날이었다. 무슨 일이 있었는지는 기억이 나지 않는데 나의 어떤 행동이 아빠의 심기를 무척이나 거슬렀던 모양이다. 아빠는 나에게 버럭 소리를 질렀다. 나는 억울해 울면서 아빠에게 되받아쳤다. 그런 게 아니라고

힘을 낼 수 없는데 힘을 내라니

반박했다. 그러자 아빠의 손이 나의 뺨을 때렸다. 처음이었다. 많이 아프지는 않았지만 아빠가 날 때렸다는 사실 자체가 충격으로 다가왔다. 나는 얼어버려 그 자리에서 꼼짝할 수 없었다. 뒤이어 엄마가 들어왔고 나를 감싸며 이게 무슨 일이냐고 다그쳤다. 아빠는 묵묵부답이었다.

나는 그날 밤 자다가 경기를 했다. 무언가 쫓아오는 듯 자지러지며 깼다.

아빠와 조금씩 거리감이 생긴 것은 이때부터다. 아빠는 여전히 작은 일에 화를 냈고 나는 그럴 때마다 심장이 튀어나올 듯 마구 뛰었다. 그날의 일이 떠오르기도 했다. 주말에 가족이 놀러 가는 일도 반갑지 않았고 그냥 집에 있고 싶었다. 아빠와 함께 있는 것이 너무 힘들었다.

집안 분위기는 점점 더 안 좋아졌다. 하루하루가 살얼음판이었다. 그러던 어느 날, 엄마가 나를 불렀다. 거실에 나를 마주 앉히고는 무겁게 말을 이었다.

"너는 우리 집 장녀니까 너도 알아두어야 해. 지금 우리 집이 많이 어려워. 그래서 어쩌면 집을 팔고 이사를 가야 할지도 몰라."

정확히 이해할 수 없었지만 집이 아주 어렵다는 것만 알아들었다. 내가 풀 수 없는 수학 숙제가 많이 생긴 기분이었다. 철모르는 동생은 열심히 장난감을 갖고 놀고 있었다.

아빠의 사업은 날로 나빠졌고 결국 우리는 이사를 했다. 그 전보다 작은 집이었지만 내 방도 생겨서 그럭저럭 마음에 들었다. 그러나 엄마와 아빠의 사이는 점점 더 얼어붙었다. 두 사람 사이에는 북극과 같은 냉기가 흘렀다. 같은 밥상에서 밥을 먹어도 말 한마디가 없어 나는 밥을 먹다 체하기 일쑤였다.

아빠의 사업 실패는 우리 집에 큰 위기를 몰고 왔다. 아빠의 개인적인 실패를 넘어 가족의 와해 위기를 초래했다. 가족 간에 대화는 거의 없었고 대화를 하더라도 항상 날이 서 있어 서로를 날카롭게 베는 일이 잦았다. 그럴 필요가 전혀 없는 일인데도 고성이 오갔다. 이런 상황을 참을 수 없었던 나는 방으로 들어가 침잠하는 일이 잦았다. 그러면 또 아빠는 그렇게 구석에 박혀 있는 내가 꼴 보기 싫다며 나오라고 소리쳤다. 뫼비우스의 띠처럼 끝도 없는 악순환이 반복되었다.

🌶 힘을 낼 수 없는데 힘을 내라니

이때 자리 잡은 부모님과의 관계는 성인이 되어서도 치유하기 힘들었다. 기회가 없었기 때문이다. 각자 상처를 가슴에 담고 세월이 지나도록 방치해두어 이젠 흉터만 남은 상태다. 이제 와 다시 이야기를 꺼내려니 오히려 흉터를 헤집는 꼴이라 대화를 더 피하게 되었다. 기억은 왜곡된 점도 있을 것이며 서로 다른 기억에 당황스럽기도 할 것이니 과거의 책장은 덮어두기로 했다.

내가 조울증에 걸렸다는 말을 꺼내기가 어려웠던 이유도 이런 가족 분위기 때문이었다. 내밀한 감정의 교류가 단절된 시간만큼이나 부모님이 이 사태를 어떻게 받아들일지 감을 잡을 수 없었다. 나약해진 딸의 모습을 인정할지 의문이었다. 나의 부모님이지만 두 분의 성향을 정확하게 몰랐고 그리하여 자신이 없었다. 그 누구에게 말하는 것보다 제일 많이 고민했다.

처음 전화기를 붙잡고 조울증에 걸렸다고, 그래서 회사를 그만두었다고 한 날 엄마는 의외로 침착하게 내 이야기를 들었다. 병원은 다녀왔는지 많이 힘든지를 물어보았던 것 같다. 통화하는 내내 엄마가 실망하는 기색을 내비칠까 봐 두려웠지만 그런 기색은 찾을 수 없었다. 과도한 호들갑도 없었다. 그간 많이 힘들었나 보다고 이제 좀 쉬어도 된다고 말했다. 아빠는 목소리가 약간 상기되긴 했지만 비난의 말을 꺼내진 않았다. 그저 마음을 굳게 먹어야 한다고 했다. 내가 지금까지 들은 말 중 손에 꼽히는 따뜻한 말투였다.

부모님은 내 생각보다 훨씬 든든하고 따뜻한 사람이었다. 믿었던 큰딸이 몰고 온 파도에도 당황하지 않고 맞서 온건히 버텼다. 어쩌면 내가 어린아이의 기억을 붙들고 오해를 켜켜이 쌓아온 것인지도 모른다. 내가 아프면 세상 누구보다 나를 걱정할 사람이 부모님임을 잠시 잊고 있고 의심하고 있었다. 조울증이라는 힘겨운 파도는 유감이지만 그 덕택에 잊고 있었던 소중한 것을 다시 찾은 것만은 분명하다.

🌶 힘을 낼 수 없는데 힘을 내라니

선생님, 저한테
왜 그러셨어요

요즘 연일 뉴스 연예란에 왕따 관련 기사가 올라온다. 피해자들은 짧게는 몇 년 전에서 길게는 10여 년 전에 있었던 일을 용기 내어 알리고 있다. 대부분 진실로 판명되고 해당 연예인은 사과문을 올리거나 활동을 중단하는 수순을 밟는다. 피해자들은 TV에서 연예인을 볼 때마다 그날의 기억이 되살아나 너무 힘들었다고 똑같이 증언했다. 바로 트라우마(Trauma)다.

 과거에 감당하기 힘든 마음의 상처를 받은 경우, 세월

이 흐른다고 해서 저절로 사라지지 않는다. 팻 오그덴 박사의 『트라우마와 몸』에서는 "트라우마화 된 사람들의 경우 몸과 마음이 함께 쇠약해지는 심신의 순환적 상호작용은 자기감(sense of self)에 혼란을 일으키고, 트라우마 관련 장애를 지속시켜 과거의 트라우마를 계속 '살아있게' 한다"라고 했다.[17]

대부분의 트라우마는 조각난 기억과 신경생물학적 반응으로 무의식 속에 조용히 남아 있다. 그러다 비슷한 경험을 하면 여러 가지 형태로 고개를 빼꼼히 내민다. 예를 들면 공포, 불안, 무기력, 수치심, 격분 등과 같은 감정이 그것이다.

초등학교 6학년을 시작하던 때였다. 반 배정 결과 5학년 때 친했던 친구들과 모두 헤어지게 되었다. 매일 함께 다니던 무리였기에 서로 떨어진다는 사실에 부둥켜안고 울기도 했다. 다른 반이 되었지만 자주 보기로 약속하고 하교는 꼭 같이 하기로 했다.

힘을 낼 수 없는데 힘을 내라니

아쉬움에도 불구하고 새학기는 나를 설레게 했다. 나는 선생님에게 항상 귀염을 받는 학생이었다. 성적도 괜찮았고 교우관계도 좋은 편이었기 때문이다. 대회에 나가 상도 많이 받아서 늘 자신감이 있었다. 새로운 담임선생님은 이번에 새로 부임한 짧은 파마머리 여선생님이었다. 이번에도 선생님 눈에 들고 싶어서 열심히 하겠다는 열의를 불태웠다.

얼마 뒤 반장선거가 있었다. 나는 나갈 생각이 없었다. 그런데 웬일로 아이들이 나를 후보로 추천해 얼떨결에 선거에 나가게 되었다. 준비한 것도 없어 짧은 연설을 했다. 계획에 없긴 했지만, 이왕 이렇게 되었으니 기대하는 마음도 있었다. 경쟁자는 5학년 때도 반장을 했던 남자아이였다. 어쩐지 지고 싶지 않았다.

개표 결과, 그 남자아이가 당선되었다. 그냥 가만히 있을걸 괜히 나갔다는 후회가 밀려왔다. 의기소침해 있는데 부반장 선거가 계속되었다. 나를 추천했던 친구들은 또다시 나를 부반장 후보로 올렸다. 나는 떨어지는 것이 두려워 이번에는 거부했다. 부반장은 다른 여자아이가 되었다.

반장선거 뒤 별 탈 없이 친구들과 지내던 중이었다. 하루는 자리를 바꾸는 날이었다. 밖으로 나가 키순으로 서서 배정될 자리를 기다리고 있었다. 그런데 선생님이 내게 말했다.

"고태희는 앞으로 교실 쓰레기통을 맡아 관리해라. 그러니 네 자리는 1분단 제일 끝이야."

내 자리를 쓰레기통 바로 앞자리로 고정한 것이다. 다들 앉기 싫어하는 자리인데 어쩔 수 없었다. 가방을 들고 터덜터덜 그 자리로 가 앉았고 그 뒤로 매 쉬는 시간마다 아이들이 버리는 쓰레기를 정리해야 했다. 나는 그 자리를 벗어날 수 없었다. 이유는 알 수 없었다. 그렇다고 선생님에게 감히 항의할 수도 없었다.

또 하루는 산수 경시대회가 있는 날이었다. 선생님은 시험 결과를 보고 각자 틀린 개수에서 제일 적게 틀린 사람의 개수를 뺀 만큼 손바닥을 때리겠다고 했다. 아이들 사이에 긴장감이 흘렀다. 나는 백 점을 맞았다. 그러자 선생님은 아이들에게 이렇게 말했다.

❥ 힘을 낼 수 없는데 힘을 내라니

"고태희가 백 점 맞아서 너희들은 다 맞는 거야."

나는 백 점을 맞은 것이 하나도 기쁘지 않았다. 오히려 죄책감이 들 정도였다.

뿐만 아니었다. 수업 시간에 발표를 하려고 아무리 손을 들어도 발표를 할 수 없었다. 청소 구역을 아무리 깨끗이 쓸어도 마지막까지 남겨져야 했다. 화장실 청소를 한 달간 한 적도 있었다. 도무지 이유를 알 수 없었다.

이쯤 되니 친구들도 나를 멀리하기 시작했다. 도시락을 먹을 때도 같이 먹을 친구를 찾기 힘들었고 혼자 먹는 일이 잦았다. 점점 학교에 가기 싫어졌지만 누구에게도 이 상황을 말할 수 없었다. 특히 부모님에게는 절대 말할 수 없었다. 장녀인 내가, 기대를 한몸에 받는 내가 걱정을 끼칠 수 없는 노릇이었다.

엄마가 학교 상황을 알게 된 것은 우연한 계기였다. 마트에 갔다가 같은 반 친구와 그 아이의 엄마를 만났는데 친구가 요즘 내가 맨날 화장실 청소를 한다고 말한 것이다. 무언가 이상한 것을 감지한 엄마는 나에게 상황을 캐물었고 나는 서러움이 폭발해 울면서 선생님이 나를 미

위한다고 털어놓았다.

엄마는 학교를 찾아가 담임선생님과 면담했다. 내가 무엇을 잘못했기에 한 달 동안 화장실 청소를 하는지 물어보았다. 엄마의 질문에 선생님은 그 자리에서 내 단점을 열 가지도 넘게 말했다. 그때는 선생님이 담임을 맡은 지 고작 3개월이 된 시점이었다. 엄마는 기가 막혔지만 언성을 높이지는 않았다. 오히려 짧은 기간 동안 열 가지나 되는 단점을 발견할 정도의 관심에 대해 감사하다고 말했다. 그러자 담임선생님은 당황하며 이렇게 말했다.

"아니 계집애가 뭘 하겠다고 반장선거에 나온 것도 보기 싫은데, 친구들이 기껏 올려준 후보를 거절한 게 너무 괘씸하잖아요."

이것이 본심이었다. 나는 그 이유로 선생님에게 소위 찍힌 것이었다. 선생님 눈에는 나의 행동이 매우 되바라져 보여 나를 아이들에게서 왕따시키는 방법으로 벌을 준 것이다.

🌘 힘을 낼 수 없는데 힘을 내라니

5학년까지만 해도 선생님은 존경의 대상이었고 좋은 친구였다. 그러나 6학년 때의 사건은 나에게 큰 변화를 가져왔다. 처음으로 무리에서 밀려나는 경험을 했고 그 상처는 지금까지도 아프다. 상처는 아물지 않고 남아 중학교, 고등학교, 대학교, 대학원뿐 아니라 사회생활을 하는 내내 불쑥불쑥 쑤셔왔다. 조금이라도 누군가와 갈등이 생길 것 같으면 나는 움츠러들었고 피했다. 필요 이상으로 눈치를 보며 제발 아무 일 없이 흘러가길 숨죽여 기다렸다. 또다시 그때처럼 무리에서 밀려나게 될까 봐 몸이 먼저 반응했다.

낸시 맥윌리엄스는 『정신분석적 진단』에서 아이의 우울증적인 성격이 만들어지는 이유에 대해 다음과 같이 설명하고 있다.

"아동은 실존적으로 의존적일 수밖에 없다. 자신이 의지해야 하는 사람이 믿을 수 없는 사람이거나 나쁜 마음을 먹고 있는 사람이라면, 아동은 현실을 직시하고 만성적인 두려움 속에 살거나, 아니면 현실을 부인하고 자신의 불행은 자기 자신 때문이고 따라서 자신을 개선시키면 환경을 변화시킬 수 있다고 믿는 쪽을 선택할 수 있다."[18]

나 역시 선생님의 불합리한 대우에 대해 불만을 제기하지 않고 어떻게 하면 선생님의 눈에 들지 작은 머리를 굴려 생각했다.

한번은 반 대표로 그림 그리기 대회에 나가기로 한 아이가 깜박하고 준비물을 챙겨오지 않은 적이 있었다. 선생님은 그 아이를 크게 나무랐고 분위기는 엉망이 되었다. 나는 그때 무슨 생각이었는지 번쩍 손을 들어 집이 가까우니 미술용품을 챙겨오겠다고 말했다. 아마도 선생님에게 잘 보이고 싶어서였을 것이다. 선생님은 다녀오라고 허락했고 나는 한달음에 집에 뛰어가 미술용품을 챙겨왔다. 선생님은 처음으로 내 머리를 쓰다듬으며 미술대회에 나를 내보냈다. 그리고 나는 우수상으로 선생님의 사랑에 보답했다.

심리상담을 받으면서 6학년 때의 일을 이야기한 적이

힘을 낼 수 없는데 힘을 내라니

있다. 말을 꺼내기도 민망했지만 내 인생에서 중요한 사건이었기에 꼭 말해야 했다. 상담선생님은 이 사건에 대해 조망하며 하나하나 짚어나갔다. 나는 다시 6학년으로 돌아가 상황을 살펴보았다. 그 당시에는 몰랐던 굴욕감과 패배감을 직면했다. 그리고 30년 전 사건이 현재에 더는 영향을 미치지 못하도록 위로하고 단절시켰다.

　마음의 상처를 치유해야 하는 이유는 나 하나에만 국한되지 않기 때문이다. 이 불행은 자녀에게 대물림된다. 부모는 자녀에게 재능이나 장점만을 물려주는 것이 아니라 고통과 슬픔, 부정적인 감정과 사고방식, 트라우마와 콤플렉스까지 물려준다. 부모나 조부모, 그 윗세대의 상처가 아이에게 그리고 그다음 세대까지 원혼처럼 들러붙어 대대로 대물림된다. 아프고 힘들다고 해서 트라우마를 외면할 것이 아니라 적극적으로 치유해야 한다. 나뿐만 아니라 내가 사랑하는 사람들을 위해서 말이다.

도망치듯
기숙사 중학교로

누가 그랬던가, 우연이 아닌 선택이 운명을 결정한다고.
나에게는 중학교가 그랬다. 나는 일반 중학교가 아닌 국
악 중학교를 선택해 인생에서 색다른 경험을 했다.

초등학교 6학년 추석 때였다. 연휴에 엄마와 같이 쉬
면서 안방에서 어린이 신문을 보고 있었다. 만화를 보고
있었던 것으로 기억한다. 아니면 퀴즈를 풀고 있었을지
도 모른다. 아무튼 다른 것에 정신이 팔려 있었다. 그때
엄마가 말했다.

　❾　힘을 낼 수 없는데 힘을 내라니

"너 이거 한번 해볼래?"

손으로 가리킨 것은 신문 하단의 광고였다. 읽어보니 '국립국악학교 신입생 모집' 광고였다. 뜬금없이 국악이라니 난 엄마를 쳐다봤다. 국악이라고는 운동회 때 소고를 쳐본 것이 다인 나로서는 감히 엄두도 나지 않았다. 그런데 엄마가 가리킨 것이 하나 더 있었다.

'비전공자 지원 가능'

6학년인 나는 무슨 뜻인지 몰랐다. 엄마는 국악을 지금까지 전혀 하지 않았어도 지원할 수 있다는 뜻이라고 설명해주었다. 하나 더 매력적인 부분이 있었다. 전원 기숙사 생활을 하는 것이었다. 엄마는 어느 부분에 끌려 나에게 제안했는지 모르지만 나는 기숙사 생활에 끌려 지원을 결정했다. 기숙사라니, 동화책에서나 보던 단어 아닌가. 그것도 우리나라 배경이 아닌 외국 배경의 동화책에서나 보던 단어였다. 호기심을 가득 안고 시험을 보기로 했다.

시험과목은 초등학교 과목인 국어, 산수, 사회, 자연이었고 실기 시험으로 음악 교과서에 나오는 노래 두 곡 부르기가 있었다. 학과 시험을 보는 이유는 교장선생님의 신념 때문이었다. 국악 하는 아이들이 공부를 못한다는 선입견을 없애고 싶어서 공부 잘하는 아이를 우선순위로 뽑는다고 했다. 노래 시험은 가창력을 본다기보다 아예 음감이 없는 아이를 거르기 위한 것이었다. 나는 그날부터 특훈에 들어갔다. 엄마는 어디서 수소문을 했는지 음악선생님을 모셔왔다.

6학년 음악 교과서에 있는 노래 중 지정곡 세 곡과 자유곡 〈오빠 생각〉을 연습했다. 시험은 첫 음을 주고 노래를 부른 후 끝 음이 맞는가를 보는 식으로 치러졌다. 반주에 맞추어 부르는 것보다 훨씬 더 어려웠다. 긴장하면 음이 변하기 일쑤였다. 시험 전날까지 부르고 또 불렀다. 자려고 누우면 노래에 도돌이표가 붙어 머릿속에서 빙빙 도는 지경이었다.

엄마는 '국립'이라는 이름에 학과 시험의 난이도가 꽤

🎵 힘을 낼 수 없는데 힘을 내라니

있을 것이라고 예상했고 나는 떨어지면 그만이었지만 막상 시험일이 다가오자 떨렸다.

시험 장소는 국립극장이었다. 부천에서 남산까지의 긴 여정이 동반되었지만 우리는 먼 축에도 들지 못했다. 멀리 구룡포에서 온 친구도 있었다. 그 친구를 보니 긴장이 배가되었다. 학과 시험을 보고 실기 시험을 치렀다. 나는 〈초록 바다〉와 〈오빠 생각〉을 불렀다.

9

얼마 후 합격 소식이 들려왔다. 엄마와 나는 손을 맞잡고 뛰었다. 월말고사나 산수 경시대회처럼 주어진 시험에서 곧잘 좋은 성적을 내곤 했지만, 어디에 도전해서 붙은 것은 처음이었기에 기분이 남달랐다. 무엇보다 신기한 것은 담임선생님이었다. 이 소식은 나를 미워하던 담임선생님에게도 전해졌고 칭찬을 해주었다. 기분이 묘했다. 시험을 본다고 했을 때 응원 한마디도 못 받았는데 합격 소식에 잘했다는 말을 들으니 왠지 모르게 약이 올랐다.

부러워하는 친구들도 많았다. 6학년 내내 왕따로 의기소침했던 내가 처음으로 웃을 수 있는 시간이었다. 어떤 학교인지 물어보는 아이들로 쉬는 시간에 내 주변은 북적였다. 나는 '기숙사'를 강조하면서 으스댔고 친구들도 내 말에 모두 "와" 하고 감탄했다.

그렇게 애증의 6학년을 마치고 국립국악학교에 입학했다. 교칙대로 머리를 단정히 묶고 치마는 무릎 밑 길이로 하고 검은 구두에 흰 양말을 신고 등교했다. 학교는 양재동에 새로 지은 건물이었다. 규모가 어마어마했다. 모든 것이 새것이었다. 매일 왁스칠을 해야 했던 초등학교의 마룻바닥과 달리 이곳은 반들반들한 시멘트 바닥이었다. 화장실은 누워 자도 될 만큼 깨끗했다. 게다가 아이들이 청소를 하지 않아도 되었다.

들뜬 마음과 왠지 모를 해방감을 느끼며 그렇게 중학교 생활이 시작되었다.

💡 힘을 낼 수 없는데 힘을 내라니

할머니의
안방 냄새

아빠의 사업이 잘못되고 나서 아빠는 화가 많아지고 피해 의식이 눈덩이처럼 불어 작은 일에도 큰소리를 냈다. 중학생이었던 나는 아빠를 견디기 힘들었고 그래서 피했다. 기숙사 생활은 좋은 핑계였다. 아빠를 보지 않아도 되었다. 일주일에 한 번 토요일에 집에 가긴 했지만 그리 살갑게 대하지 않았고 일요일이 되면 도망치듯 학교로 돌아왔다.

그러나 인문계 고등학교 진학을 결정한 후로는 매일

아빠를 봐야 했다. 아빠는 나름의 애정표현을 했지만 여전히 작은 일로 화를 내기 일쑤였고 나는 그 속에서 스트레스가 심했다. 사사건건 아빠와 부딪히다 찾아낸 해결책이 외할머니 집이었다.

어렸을 적부터 외할머니는 유독 나를 예뻐했다. 외가에 딸이 나밖에 없어서인지 나를 향한 외할머니의 사랑은 대단했다. 외할머니는 불교 신자였는데 절에서 '강 보살님 손녀딸'이라고 하면 모르는 사람이 없을 정도였다. 내가 외할머니를 많이 닮은 것도 한몫했을 것이다.

나는 우리 집보다 외할머니 집이 학교에서 가까운 것을 핑계 삼아 고등학교 1학년 내내 할머니 집에서 살았다. 외할머니의 작은 아파트가 나의 도피처가 된 것이다.

외할머니 집에 들어서면 특유의 냄새가 났다. 바로 경면주사(부적을 만들 때 쓰는 붉은색 지하광물) 냄새였다. 외할머니는 가끔 누군가의 부탁을 받고 부적을 썼는데 나는 잘 갈아 기름에 개어 쓰는 그 경면주사 냄새가 좋았

힘을 낼 수 없는데 힘을 내라니

다. 안방에는 원목으로 만든 탁상이 있었고 외할머니는 부적을 항상 그 위에서 썼다. 노란 한지 위에 붉은 경면 주사로 하나하나 정성껏 쓰는 그 모습이 신기해서 넋을 잃고 지켜보았다.

외할머니는 잠들기 전 늘 30분 정도 기도를 했다. 나는 할머니가 기도하는 동안 누워 있는 것이 왠지 불경스러워 옆에 가만히 앉아서 끝나기를 기다렸다. 그 시간이 지루하지 않았다. 오히려 내 마음이 깨끗해지는 것 같아서 그 주문 같은 기도에 귀를 쫑긋 세웠다. 그리고 할머니의 기도가 끝날 때 즈음이면 나도 속으로 불경을 따라 했다. 그럼 나의 하루를 용서받는 듯해 마음이 편안했다.

잘 때는 외할머니와 꼭 붙어 잤다. 조금이라도 마음이 불안한 날은 할머니의 팔을 붙들고 떨어지지 못했다. 할머니도 그런 나를 품에 끌어안았고, 내가 자다 깨서 화장실을 가야 할 때면 항상 같이 일어나서 나를 기다렸다.

외할머니는 전적으로 내 편이었다. 사춘기 시절 나에게 안도감을 주는 단 한 명이었다. 엄마도 아빠도 경제적으로 힘든 시기를 건너며 피폐해져 있었기에 내가 기댈 수 있는 사람은 오직 외할머니뿐이었다. 외할머니는 내가 성적이 못 나와도, 좋아하는 남학생이 생겨도 모두 이해하고 내 말을 끝까지 들어주었다.

그럴수록 외할머니집에서 머무는 것에 대한 죄책감이 커졌다. 왠지 부모님을 버린 것 같은 느낌이 들었다. 아빠의 힘든 상황, 엄마의 버거운 하루, 부모님의 감정을 오롯이 받아내는 동생이 생각났다. 그 모든 것을 피해 나 혼자 외할머니 집에 와 있는 것이 미안했다. 그 일로 인해 아직도 동생에게는 미안한 감정이 남아 있다.

9

외할머니는 내가 고3 때 돌아가셨다. 심장마비로 인한 갑작스러운 죽음이었다. 생과 사를 비웃듯 그날은 엄마 음력 생일이기도 했다. 고2 때 친할머니가 돌아가셨기에 누군가의 죽음이 내게 처음은 아니었다. 하지만 외할머니의 죽음은 큰 상실로 다가왔다. 내 세계의 절반이 사라진 듯했다. 실감이 나지 않았다.

어른들은 이례적으로 외할머니의 염을 할 때 나를 데리고 들어갔다. 앞에 누워 있는 사람이 외할머니라는 것

🍃 힘을 낼 수 없는데 힘을 내라니

이 믿기지 않았다. 머리를 빗겨 단정히 묶는 것을 시작으로 얼굴에 하얀 면포로 덮는 것까지 보고 나오니 눈물이 터졌다. 더 이상 외할머니가 곁에 없다는 것이 실감났다. 영원할 줄만 알았던 든든한 내 편이 사라진 것이다.

화장을 끝내고 짐을 정리하려고 외할머니 집으로 발걸음을 옮겼다. 조금 전까지 할머니가 있었던 것처럼 깔끔했다. 걸레까지 모두 빨려 있어 무엇 하나 손댈 것이 없었다. 할머니는 평소 말버릇처럼 당신이 죽으면 재산을 모두 강원도의 어느 절에 보내라고 했다. 어른들은 그 말을 따르기 위해 집을 정리하던 도중 장롱에서 네 개의 봉투를 발견했다. 나를 포함한 네 명의 손주 이름이 적힌 봉투였다. 외할머니는 떠날 시기를 알고 있었던 것처럼 손주 앞으로 각각 10만 원을 넣은 봉투를 남기고 떠났다.

심리상담사는 눈을 감고 지금까지 살면서 가장 편안했던 장소를 떠올려보라고 했다. 나는 외할머니의 안방을 머릿속에 그렸다. 경면주사 냄새가 배어 있던, 언제나 깔

끔하게 정리가 되어 있던 외할머니의 안방 말이다. 그 안방에서 나는 시험공부도 하고 숙제도 하고 책도 읽었다. 하다 지겨우면 그냥 누워 자기도 했다. 그곳에서는 아무 걱정이 없었다. 밖에는 외할머니가 든든히 있었고 나는 내 할 일만 하면 되었다.

심리상담사는 불안하거나 힘이 들면 그곳을 떠올리라고 했다. 그러면서 심호흡을 하고 진정해보라고 했다. 처음에는 감정의 동요가 너무 심해 생각하는 것조차 힘들었다. 그러나 조금씩 연습하니 우울감이 몰려올 때면 외할머니의 안방을 떠올릴 수 있었다. 지금도 눈을 감고 심호흡을 하면 경면주사 냄새가 코끝을 스친다. 마음이 진정되고 호흡이 차분해진다.

정여울 작가는 상처를 꿋꿋하게 이겨내는 데 회복 탄력성이 필요하다고 했다. 이 회복 탄력성을 기르기 위해서는 자신만의 블리스를 가꿔야 한다고 말한다.

"회복 탄력성을 기르는 일상 속의 길은 뭘까. 나는 그것이 타인의 시선에 일희일비하지 않는 내면의 희열, 즉 블리스를 가꾸는 일상 속의 작은 실천이라고

힘을 낼 수 없는데 힘을 내라니

믿는다. (⋯) 꽃을 가꿀 때 모든 슬픔을 잊는다면 그것이 블리스고, 음악을 들을 때 모든 번민을 잊는다면 그것이 블리스다."[19]

　　나의 블리스는 어릴 적 할머니의 안방이다. 마음이 번잡해질 때면 가만히 앉아 할머니의 안방을 떠올린다. 호기심에 서랍을 열어봤던 일, 할머니의 알록달록한 반지를 껴본 일 등 그곳에서 했던 일을 되새기며 안정을 찾는다. 누구에게나 '할머니의 안방'이 있을 것이다. 불안과 우울이 몰려올 때 그곳을 떠올리며 심호흡해보는 것이 어떨까. 내게 도움이 되었던 것처럼 분명 힘이 될 것이다.

서울대,
그래 드디어 서울대

대학교 4학년이 되니 생각이 복잡했다. 3학년 때까지는 공부만 하면 그만이었지만 이젠 곧 사회로 나가야 했기 때문이다. 선배들은 토익이다 일본어다 준비하기 바빴고, 나는 어찌할 줄을 몰라 우왕좌왕했다. 한 가지 뚜렷한 것은 취직보다 공부를 더 하고 싶었다.

학부 때부터 존경하던 교수님이 있었다. 그 교수님의 수업은 모두 A$^+$를 받았을 정도였다. 그 교수님 연구실에 가고 싶어 면담을 신청했지만 거절당했다. 이유는 여학

❥ 힘을 낼 수 없는데 힘을 내라니

생이라는 말도 안 되는 것이었다. 대안을 생각지도 않고 있었는데 어이 없는 이유로 거절당하고 나니 아무런 의욕이 없었다. 될대로 되라는 심정으로 대충 아무 연구실이나 마구 지원해 들어갔다. 내막을 아는 사람들은 안타까워했고 모르는 사람들은 놀랐다.

그렇게 연구실에 들어갔는데 또 문제가 생겼다. 장학금 배분이었다. 선배들은 내가 타온 장학금을 나누어 달라고 했다. 그것은 명백히 부당한 일이었다. 선배들은 내가 거절하자 나를 돈만 밝히는 배신자 취급을 했다. 애정이 있어서 들어온 연구실도 아닌데 이런 취급까지 받으니 점점 그곳에 있어야 할 이유가 사라졌다.

그때 한 선배가 나를 따로 불렀다. 아주 친한 선배는 아니었다. 오다가다 인사 정도만 하는 선배였다. 그 선배는 나를 보고 왜 아깝게 인생을 허비하냐고 했다. 내 성적이면 더 좋은 대학원을 갈 수 있는데 왜 여기서 이러고 있냐고 말했다. 나는 어안이 벙벙한 채로 더 좋은 대학원이 어디냐고 물었다. 선배는 서울대, 포항공대, 카이스트를 댔고 나는 내가 갈 수 없는 곳이라며 웃었다. 선배는 나에게 힘주어 말했다.

"너 수석 입학에 차석 졸업이잖아. 여기 있긴 너무 아까워. 한 번 도전해봐. 큰물에서 놀아야지."

무엇에 마음이 움직였는지 모르겠다. 나는 그 길로 지도 교수님에게 가서 내일부터 시험 준비를 해야 하니 더는 나오지 못 한다고 말하고 짐을 챙겨 연구실을 박차고 나왔다. 그 선배에게 감사하다는 인사를 마지막으로 학교를 떠났다.

9

목표는 서울대였다. 아빠의 영향으로 자라면서 귀에 못이 박히도록 들은지라 자연스러운 수순이었다. 다윗이 골리앗에게 덤비듯 과연 내가 가당키나 할 것인지 겁이 났다. 다른 사람들의 눈치를 많이 보는 나였기에 떨어졌을 때의 그 망신을 감당할 자신이 없어 누구보다 열심히 준비했다.

시험은 전공에 대한 구술로 치러졌다. 범위는 교과서 전체여서 어디서 무엇을 물어볼지 몰라 막막했다. 소위

힘을 낼 수 없는데 힘을 내라니

족보라도 있으면 마음이 조금이라도 편할 텐데 무작정 시작하려니 가슴이 답답했다. 그렇다고 넋 놓고 앉아 있을 수는 없어 첫 장부터 무식하게 읽어나갔다. 시험일은 다가오고 범위는 줄지 않고 미칠 지경이었다.

어찌 저찌 해도 시험 날은 왔다. 늦을까 봐 서둘러 가는 바람에 한 시간이나 일찍 도착했다. 근처에 쪼그리고 앉아 책을 보고 있으려니 수험생으로 보이는 무리가 나타났다. 왠지 여유로워 보였다. 이미 시험 문제는 다 알고 있는 듯이 커피를 마시고 있는 그들이 부러웠다.

잠시 후 시간이 되어 시험 장소 앞으로 갔다. 밖에 줄을 서 있다가 호명이 되면 들어가는 방식이었다. 순서가 다가올수록 머릿속이 하얗게 변해가 심호흡을 하며 차례를 기다렸다. 고사장에는 교수님 세 명이 앉아 있었다. 심장 소리가 들리는 듯한 극도의 긴장감 속이었지만 질문 하나하나에 차분히 답하는 혼신의 노력을 쏟아부었다.

합격자 명단에는 내 이름이 있었다. 제일 먼저 아빠에

게 이 사실을 알렸다. 내가 '서울대' 대학원에 입학했다고. 아빠는 그제야 잘했다고 칭찬했다. 엄마도 마찬가지였다. 망쳐버린 수능, 부모님 마음에 차지 않는 대학 진학으로 이어진 기나긴 죄책감을 이제 내려놓아도 되었다. 어깨가 한결 가벼웠다.

대학원 합격을 계기로 아빠와 조금씩 대화의 물꼬를 텄다. 아빠도 예전처럼 격한 표현을 자제하는 것이 보였다. 아직 욱하는 성향이 남아 있었지만 그래도 많이 좋아지고 있었다. 부천에서 신림동은 너무 먼 거리라 자취를 하기로 했다. 아빠는 무척이나 서운해했고 주말마다 오거나 연락을 자주 하는 조건으로 허락했다.

대학원 학생증을 받았을 때의 감격을 아직도 잊지 못한다. 드디어 인정받고 해방된 것 같아 나도 모르게 연구실까지 한달음에 뛰어갔다. 소리까지 지르고 싶었지만 보는 눈이 있어 차마 하지 못했다. 학생증으로 도서관에서 책을 빌릴 때는 희열을 느꼈다.

대학원 입학은 내 인생에서 여러 의미를 지닌다. 나 스스로 결정한 도전이면서 성공한 도전이었다. 이를 계기로 부모님에게 독립도 했다. 자취는 그 전에도 했지만 그때는 아직 품 안의 자식이었다. 부모님도 대학원 진학 후에는 나를 조금 더 어른으로 대해 주었다. 나의 결정을 존중하고 지지해주었다. 다른 이들이 직장을 통해 성인이 되었다면 나는 대학원 진학으로 드디어 성인이 되었다. 감정까지 독립했는지는 알 수 없었지만 말이다.

하기 싫지만
해내야 했으니까

대학원 박사 과정 졸업은 순탄치 않았다. 나는 졸업 발표를 3주 앞두고 장염에 걸렸다. 배는 곧 아기가 나올 듯이 부풀어 올랐고 연일 설사를 했다. 약으로 연명하다가 결국 병원에 갔는데 병원에서는 CT를 보고 바로 입원을 하라고 했다. 청천벽력 같은 소리였다. 의사선생님에게 나는 곧 박사 졸업 시험이 있어서 입원하더라도 그 후에 해야 한다고 말했다. 하지만 의사선생님도 순순히 물러서지 않았고 결국 그날로 입원을 하고 말았다.

❾ 힘을 낼 수 없는데 힘을 내라니

후배들에게 노트북과 자료를 모두 가져다 달라고 부탁했다. 병실에서 링거를 맞으며 발표 자료를 작성했지만 엉망진창이었다. 자료가 부족해 제대로 할 수가 없었다. 의사선생님에게 잠시 학교에 다녀오겠다고 하고 자료를 모두 복사해 왔다. 상태는 점점 나빠졌다.

그렇게 박사 졸업 시험일이 다가왔다. 의사선생님은 퇴원이 불가능하다고 했고 나는 결단코 가야 한다고 우겼다. 보내주지 않아도 링거를 다 뽑고 갈 거라고 으름장을 놓았다. 결국 의사선생님은 두 손 두 발을 들었고 대신 빨리 끝내고 돌아오라고 했다.

세 명의 교수님과 한 명의 외부 인사 앞에서 발표를 했다. 식은땀이 흘렀다. 그래프를 설명해야 하는데 손은 다른 표를 가리키며 자꾸 멈칫거렸다. 정신을 부여잡고 발표를 겨우 마무리했다. 질문 시간이 되었다. 교수님의 말이 귓전에서 윙윙거릴 뿐 요점을 알 수 없었다. 나는 "죄송합니다. 다시 한번 말씀해주시겠어요?"를 반복했다. 시간이 어떻게 지나갔는지 모르겠다. 빨리 끝났으면 좋겠다는 생각도 들지 않았다. 그저 자리에 눕고 싶었다.

어느덧 질의응답 시간이 끝나고 평가 시간이 되었다.

우울의 수원을 찾아서

밖으로 나와 벽에 기대어 서 있으려니 머리가 어질했다. 온몸에 힘이 빠지고 손은 덜덜 떨렸다. 두 다리가 내 다리가 아닌 것처럼 그대로 주저앉아버렸다. 함께 있던 후배들이 부축해주었지만 정신을 차릴 수 없었다. 그대로 병원으로 실려 갔다. 2~3일 간 더 입원 후 퇴원할 수 있었다. 시험 결과는 다행히 통과였다.

𝄐

나는 어릴 적부터 불안 증세가 심했다. 불안은 내 대장을 가만히 두지 않았다. 긴장되는 일이 있으면 장이 부어올라 숨을 쉬기 어려운 지경이 되었다. 특히 대학원 시기부터 자주 그랬다. 세미나에 학회에 발표의 연속이라 긴장하는 일이 많았다. 발표할 때는 누구나 긴장하는 법이지만 나는 유독 완벽히 해내야 한다는 강박이 심했다.

미야지마 겐야의 『고마워, 우울증』에서는 저자가 하고 싶지 않은 일을 지나치게 열심히 하면서 심신이 피폐해졌던 경험을 이야기하고 있다. '하고 싶지 않지만 제대로 하지 않으면 안 된다'와 같은 사고방식으로 자기를 괴

🍃 힘을 낼 수 없는데 힘을 내라니

롭혔기 때문에 식욕부진이나 불면증 등에 시달렸다고 한다. 또한 저자에 따르면 우울증에 걸리는 사람 중에는 자기를 믿지 못하는 경우가 많다. 늘 '제대로 못하고 있다'라고 생각해 스트레스를 받고 이로 인해 몸과 마음이 망가지고 결국 우울증에 이르게 되는 것이다.[20]

지금 생각해보면 막상 발표나 세미나를 망친 적은 없었던 것 같다. 단지 준비를 하면서 자꾸 실수를 하거나 예상 질문을 떠올리고 적절한 대답이 떠오르지 않으면 스트레스를 심하게 받았다. 실수는 고치면 되고 대답이 생각나지 않으면 공부하면 그만인 문제였다. 그러나 당시의 나는 그 상황 자체를 즐기지 못했고 괴로워했다.

하물며 매주 돌아가면서 하던 연구실의 세미나도 스트레스였는데 박사 졸업 발표는 오죽했겠는가. 원인 불명의 장염은 어쩌면 당연했다. 결국 발표가 끝나고 나서야 부은 장이 가라앉았다.

조울증이 발병하자 나의 불안은 기다렸다는 듯이 큰 기지개를 켰다. 특히 우울기에 더 기세가 등등했다. 불안은 내 발목에 단 닻과 같았다. 우울 속으로 가라앉는 속도를 배가시키고 다시 떠오르는 것도 힘들게 했다.

199

"다시는 이러지 마세요. 너무 아프잖아요."

나는 눈물이 났다.

왼팔의 고통 때문이 아니라

의사에 대한 미안함과

나 자신의 처량함이 복합되어 나오는 눈물이었다.

우울증과 마주하기

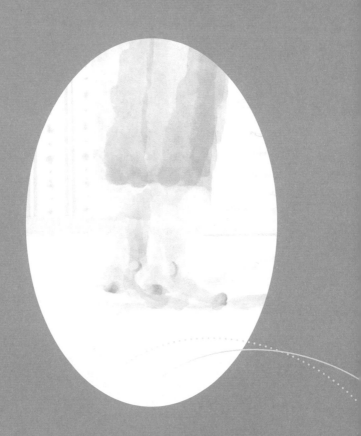

다리 떨림,
구역감, 발진…
내가 겪은 약 부작용

경조증이 오면 일상이 따분하다. 왕성해진 추진력에 자신감도 더해져 판단이 빨라지고 행동도 민첩하다. 자꾸 무언가 시도하려고 한다. 문제는 그 결정이 늘 옳은 것이 아니라는 사실이다.

5월의 화창한 봄날이었다. 연일 활동하기 좋은 날씨가 계속되었다. 날씨와 함께 나의 기분도 둥실 떠올랐다. 수면시간도 짧아져 일출을 매일 보고 있었다. 떠오르는 해를 보면서 하루를 어떻게 보내야 할지 생각했다. 하루를 그냥 보내는 것이 너무 아깝고 죄를 짓는 것 같았다. 무언가 해야만 했다. 그러나 청소나 빨래 같은 사소한 일을 하고 싶지는 않았다. 좀 더 역동적인 일을 하고 싶었다.

날씨가 이렇게 좋은데 집에만 있을 수는 없었다. 얼마 전까지 우울감으로 침대를 벗어나지 못했기에 더더욱 그랬다. 우울의 촉수를 걷어버린 나는 사람을 만나야겠다는 결론에 다다랐다. 오랜만에 한껏 꾸미고도 싶었다. 사람다운 모습으로 다시 태어나고 싶었다.

고민 끝에 모임 하나를 주최했다. 나는 이전부터 낮에 강남에서 만나 간단한 식사와 함께 와인을 마시는 와인 동호회 회원이었다. 약을 먹는 중에는 술을 마시면 안 된다고 의사선생님은 늘 강조했다. 마음에 걸렸지만 조금만 마시겠다고 다짐하고 공지를 올렸다. 사람들은 기다렸다는 듯이 답글을 달았다. 인원이 금세 찼다.

모임 날짜가 다가올수록 떨렸다. 처음으로 주최자가 된 까닭도 있지만 오랜만에 밖을 나가는 것이기에 더 그랬다. 괜한 일을 벌인 것이 아닌가 하는 걱정도 되었다. 보통 와인 모임은 저녁에 많이 하는데 낮 모임이라 변수도 많았다. 혹시나 못 오는 사람이 많이 생겨서 모임이

힘을 낼 수 없는데 힘을 내라니

파투날까 봐 우려되었다. 예민해진 만큼 밤에 잠을 이루지 못했다.

모임 날 당일이었다. 서두르다 보니 모임 장소인 가게가 문을 열기도 전에 도착했다. 그 바람에 길거리에 쪼그리고 앉아 30분 정도 시간을 보냈다. 잠시 후 가게로 들어가 오늘 먹을 메뉴를 확인하고 가져간 와인을 열어두고 있는데 첫 참석자가 도착했다. 긴장감으로 굳어 있던 어깨가 풀리는 느낌이었다. 반갑게 인사하고 자리에 앉으려고 할 때 두 번째 참석자가 도착했다.

큰 변수는 없었다. 참석 의사를 밝힌 사람들은 모두 왔고, 가게의 음식은 맛있었고, 가져온 와인들은 훌륭했다. 모임이 순조롭게 진행되어 정말 기뻤다. 새로운 사람들을 알게 된 것도 좋았다. 여기까지는 그날의 날씨만큼이나 완벽한 하루였다.

3시 즈음 모임이 끝날 시간이 되었을 때였다. 가야 하는 사람은 가고 아쉬운 사람은 남아 한잔 더 하기로 했다. 나는 들뜬 기분에 남기로 결정했다. 약간 피곤한 느낌이 있었지만 집에 들어가 하루를 흘려보내는 대신 좀 더 보람차게 보내고 싶었다. 다 같이 술을 마실 수 있는 장소를 찾으려고 강남대로 쪽으로 자리를 옮겼다.

♪

모임에서 친해진 한 사람과 이야기하며 걷고 있었다. 그때 내리막길에서 갑자기 다리에 힘이 풀려 그대로 바닥에 두 무릎을 꿇고 말았다. 욕조에서 물이 빠지듯 허벅지에 힘이 빠져버린 것이다. 부축을 받으며 겨우 일어서도 걸을 수가 없었다. 한껏 멋을 내느라 하이힐까지 신고 나간 탓에 더 힘들었다. 두어 걸음 걸었을까 난 다시 중심을 잃고 휘청거렸다.

가로수를 붙잡고 잠시 걸음을 멈추었다. 등에서는 식은땀이 쏟아졌다. 도저히 이대로 걸을 수 없었다. 그러나 나 때문에 모임을 망칠 수는 없는 노릇이었다. 나의 하루도 이렇게 버릴 수는 없었다. 두 허벅지에 정신을 집중하고 한 발씩 천천히 걸었다.

겨우 앞서가던 사람들을 따라잡았다. 무슨 일이냐고 물었지만 상황을 설명할 수 없었다. 나도 이해할 수 없었기 때문이다. 더는 무리였다. 나는 그만 인사를 하고 택

💬 힘을 낼 수 없는데 힘을 내라니

시를 잡아 집으로 돌아왔다.

다음 날이 되어서도 다리 떨림은 여전했다. 계단을 내려오는 것은 더 곤란했다. 발을 디디면 힘이 들어가지 않고 다리가 떨려 난간을 잡지 않으면 도저히 내려올 수 없었다. 난간을 잡은 손도 떨렸다. 병원에 가는 것조차 걱정이었다. 병원에 가려면 운전을 해야 하는데 이대로라면 어떤 운전 실력을 보여줄지 뻔했다.

며칠 지나자 떨림이 조금 잦아드는 듯했다. 이때다 싶어 병원으로 향했다. 의사선생님에게 손발 떨림에 대해 호소했다.

"겨우 5센티미터 힐을 신었을 뿐인데 강남대로에서 다리에 힘이 풀려 무릎을 꿇고 말았어요. 계단을 내려오는 것도, 볼펜을 쥐는 것도 힘들어요."

의사선생님은 L약의 부작용을 의심했다. L을 줄이면서 추이를 살펴보기로 했다. 2주 정도 지나자 떨림은 눈에 띄게 좋아졌다. 스쿼트도 할 수 있을 정도로 허벅지 근력이 정상으로 회복되었다. 결국 L은 처방전에서 빠지게 되었다.

이 사건을 계기로 나에게 맞는 약을 찾는 여정이 시작되었다. 나는 L 이외 다른 약물에도 부작용이 심한 편이었다. 어떤 약은 한동안 심한 구역감을 일으켰다. 밥을 쳐다보기만 해도 속이 울렁거려 식사를 제대로 할 수 없었다. 어떤 약에는 발진이 나기도 했다. 깜짝 놀라 병원으로 뛰어가 증상을 의사선생님에게 보였더니 약의 부작용이라고 했다.

그 약들은 모두 조울증에 기본적으로 처방되는 약이었는데 내겐 부작용이 심했다. 의사선생님은 결국 C를 바탕으로 한 조합을 처방했다. 이 조합은 아직까지 별다른 부작용을 일으키지 않고 있다.

᭡

이견이 있을 수 있지만 나는 정신질환 치료에 약물치료가 가장 중요하다고 생각한다. 내가 현재 주치의를 신뢰하는 이유도 별 탈이 없는 약 조합을 찾아주었기 때문이다. 조증과 울증이 번갈아 나타날 때마다 약간씩 조합

᭡ 힘을 낼 수 없는데 힘을 내라니

이 달라지기는 한다. 약물치료는 나를 깊은 우울에서 꺼내어주었다.

한발 더 나아가 완전한 치유가 되기 위해서는 심리치료가 병행되어야 한다. 고혈압 환자의 경우 혈압강하제만 처방하지 않고 식이요법을 권고하고 운동 및 스트레스 관리까지 처방하는 것과 같은 이치다. 우울증 치료에 약물치료와 심리치료의 병행이 훨씬 효과적이라는 연구결과도 많다. 브라운 대학교 마틴 켈러 교수가 우울증 치료에 약물치료와 인지행동치료를 병행한 결과 80퍼센트 이상이 뚜렷한 호전 효과를 얻었고 재발률도 낮았다.

나는 조울증을 안정시키는 것도 중요했지만 조울이 어디서부터 왔는지 이해하고 싶어 심리치료를 받았다. 또한 병으로 상실된 자아를 찾고 싶었다. 나의 우울증이 치유된 순간은 다시 삶의 방향키를 단단히 잡았을 때일 것이다. 그날을 위해 나는 오늘도 약물치료와 심리치료의 도움을 받으며 긴 항해를 지속한다.

자책과 자해는
손을 잡고 온다

그것은 밀물처럼 나를 잠식했다. 모래밭에 쪼그리고 앉아서 넋을 빼고 있는 동안 나도 모르는 사이 무릎까지 차오른 것이다. 그러나 찰방이는 상쾌한 바닷물과는 완전히 다르다. 두 다리를 휘감고 내 몸을 타고 올라와 심장을 옥죄는 압박감은 나를 불안에 떨게 했다. 머리가 어지럽고 이명까지 들렸다. 손가락으로 왼쪽 귀를 눌렀다. 소용이 없었다.

　이 느낌은 때때로 찾아와 나를 옴짝달싹 못하게 옥죄

　힘을 뺄 수 없는데 힘을 내라니

었다. 며칠 전에도 나를 치고 지나갔다. 그때 나는 어떻게 했었지? 기억을 되살려보았다. 마냥 울기만 했던 것 같다. 울다 지쳐 잠들었던 것 같기도 하다. 기억해내기가 쉽지 않다. 머릿속은 멍하기만 했다.

심장이 뛰었고 불안감에 한숨을 몰아쉬었다. 숨이 가빠와 답답한 느낌이 들었다. 아랫배도 붓기 시작했다. 내 고질병이다. 쿠션을 끌어안았다. 조금 나아지는 듯했으나 몸을 펴기 힘든 것은 마찬가지였다. 이대로 바닥으로 꺼져버릴 것 같았다.

소파에서 겨우 몸을 일으켰다. 그러나 어디로 가야 할지 몰라 제자리에 한참을 서 있었다. 그러는 동안 가슴은 더 갑갑해졌다.

힘겹게 발을 움직여 찬장으로 갔다. 문을 여니 반병 쯤 남은 위스키가 있었다. 금주해야 한다는 의사선생님의 말이 떠올랐지만 나는 손을 뻗어 병을 집어 들었다. 그리고 부엌으로 가서 잔에 부어 한 모금을 들이켰다. 부드러운 바닐라향이 비강을 채웠다. 위스키가 식도를 타고 따끔따끔한 생채기를 남기며 내려갔다. 불안함은 딱 한 모금만큼 진정되었다. 그만큼이었다. 절망의 파도는 다시 밀려와 내 두 무릎을 휘감았다.

　나는 바닥에 주저앉았다. 지금의 내 모습에 대한 죄책
감이 밀려왔다. 자괴감도 함께 왔다. 어쩌다 이런 모습이
되었는지 도통 모를 일이었다. 두 손으로 머리를 감싸고
생각해보려고 애를 썼다. 어디서부터 잘못된 것인지 찾
아보려고 했다. 어린 시절 부모님과의 관계 때문인지 초
등학교 때 나를 왕따시킨 담임선생님 때문인지 아니면
공황장애를 불러일으킨 마지막 직장 때문인지 생각해보
려 했지만 머리가 돌아가지 않았다. 뇌 속 시냅스가 모두
끊긴 것 같았다. 나는 술을 한 잔 더 마셨다. 이 불안함을,
죄책감을 어떻게든 없애고 싶었다. 걷잡을 수 없는 눈물
이 났다.

　바닥에 주저앉은 채로 한참을 울었다. 이런 삶을 사는
것이 무슨 의미가 있는지, 내가 얼마나 한심한지, 얼마나
추한지. 어쩌다 이런 지경에 이르렀는지 알 수 없었다.

　눈물이 조금 멎을 즈음 선반에 나란히 꽂혀 있는 칼에

　　💭　힘을 낼 수 없는데 힘을 내라니

시선이 멈추었다. 다섯 개의 칼이 꽂혀 있는 칼꽂이가 선명하게 보였다. 나는 눈물을 닦으며 생각했다.

'난 죽고 싶은 걸까?'

아니었다. 나는 살고 싶었다. 단지 내 몸을 휘감고 있는 중압감을 끊어내고 싶을 뿐이었다. 원인 모를 불안에 떠는 것도 그만하고 싶었다. 여기까지 생각이 미치자 자연스럽게 꽂혀 있는 칼 중 가운데 것을 뽑아 들었다. 손에 들고 한참을 내려다보았다. 칼끝은 빛나고 심장은 과장되게 뛰었다. 손에서는 땀이 났지만 옳고 그름을 생각할 겨를이 없었다. 해결책을 찾아냈다는 흥분감에 나는 약간 상기되었다. 오른손으로 손잡이를 잡고 칼날을 왼손 손목에 대었다. 힘주어 누른 뒤 잠시 멈추었다.

그리고 잡아 그었다.

가느다란 뜨거움이 손목을 지나갔다. 하나, 둘 핏방울이 맺혔다. 핏방울은 곧 띠를 이루더니 바닥으로 떨어졌

213

우울증과 마주하기　♪

다. 손목에 묶여 있던 납으로 된 풍선이 하늘로 날아가버린 듯 손목이 가벼웠다. 손목을 흘깃 바라보고 칼은 바닥에 내려두고 벽에 기댔다. 둘러싸던 불안감이 스르르 풀려 묘한 안도감이 나를 끌어안았다.

손목의 피도, 바닥의 피도 다 말라버렸을 즈음 정신을 차렸다. 손목의 상처가 쓰라렸다. 내가 무슨 짓을 한 것인지 보고 싶지 않은 것을 보니 제정신이 돌아온 모양이었다. 바닥의 칼을 주워 닦아 다시 제자리에 꽂았다. 물티슈로 바닥도 닦았다. 팔목을 소독하고 약을 바르면서 난 다시 자괴감에 빠졌다.

'이제 갈 데까지 다 갔구나.'

거즈를 붙이고 소파에 맥없이 앉아 한참을 있었다. 자해가 주는 안도감은 잠시뿐이었다. 뒤이어 오는 자책감이 훨씬 컸다. 우울증인 것은 안 그런 척 가면이라도 쓸 수 있지 손목을 그은 흉터는 숨길 수 없지 않은가. 이제 날도 따뜻해져서 반소매를 입어야 한다는 생각이 들자마자 멍청한 짓을 한 스스로를 책망했다. 흉터가 크지 않길

♥ 힘을 낼 수 없는데 힘을 내라니

바라면서 연고를 덧바르는 것 말고는 할 수 있는 것이 없었다.

앤드루 솔로몬은 『한낮의 우울』에서 첫 우울증 삽화를 겪을 때 자살을 시도할 가능성이 높다고 말했다.[21]

나의 자해도 첫 우울증 삽화 때 발생했다. 정말 죽겠다는 생각보다는 누군가가 나를 봐주길 바랐다. 내가 이렇게 힘드니 나를 좀 안아주었으면 좋겠다는 생각으로 팔을 그었다. 칼이 지나가고 피가 맺히면 배 속이 사르르 풀리는 느낌이 들면서 긴장이 완화되었다. 그러나 아픔이 채 가시기도 전에 눈물이 났다. 이렇게 힘든데 나를 알아주는 사람이 없다는 서러움에 북받쳐 오르는 눈물을 참을 수 없었다.

우울증이 한창 심할 때는 팔목의 상처를 꿰매러 응급실에 간 적도 있다. 의사는 오십 바늘쯤 되는 상처를 한 땀 한 땀 꿰매며 나에게 말했다.

"다시는 이러지 마세요. 너무 아프잖아요."

나는 눈물이 났다. 왼팔의 고통 때문이 아니라 의사에

215

우울증과 마주하기 🌙

대한 미안함과 나 자신의 처량함이 복합되어 나오는 눈물이었다.

그 이후로 자해는 하지 않고 있다. 꾸준히 약을 먹어 상태가 나아진 것도 있지만, 자해 뒤 후회가 너무 심해서 하지 않는다는 말이 적절하다. 내 왼쪽 손목엔 조금 옅어진 흉터가 남아 있어서 수시로 그날의 후회를 상기시키고 있다.

🌙 힘을 낼 수 없는데 힘을 내라니

정신병원
폐쇄병동에 입원하다

가족들과 인사 후 철문이 굳게 닫혔다. 안내를 받은 나는
터덜터덜 걸어 들어갔다. 내 방은 제일 안쪽 일인실이었
다. 방 안으로 들어가 침대에 걸터앉았다. 벽은 온통 흰
색이다. 나는 폐쇄병동에 입원했다.

　나는 낙상 사고라고 주장했지만, 의사선생님은 자살
시도라고 판단했다. 나는 의식이 없는 상황에서 일어난
일이니 자살이 아니라고 했지만, 의사선생님은 그래서
더 좋지 않은 것이라고 설명했다. 상태를 살펴보고 맞는

약을 빨리 찾기 위해 의사선생님은 입원을 강력히 권유했다. 정확히 병원까지 집어주었다. 나는 내가 그다지 위험한 상황은 아니라고 생각했기 때문에 거부했지만, 의사선생님은 완강했다. 결국 내가 백기를 들었다.

의사선생님의 소견서를 들고 병원으로 향했다. 부모님도 함께였다. 딸을 정신병원에 입원시키는 심정이 어떨지 상상도 못 하겠다. 난 대역죄인처럼 고개를 들지 못했다. 다만 그날의 일은 실수일 뿐인데 내가 왜 병원에 입원해야 하는지 잘 받아들이지 못하고 있었다.

잠시 후 인턴으로 보이는 의사 한 명이 왔다. 몇 가지 동의서를 작성하기 위해서였다. 폐쇄병동과 오픈병동의 차이를 지나치게 간략하게 설명했다. 잘 이해되지 않아 연거푸 물어보고 나서야 그 차이를 인지했고, 나는 오픈병동으로 가겠다고 선언했다. 폐쇄병동은 내가 갈 곳이 아니었다. 의사는 자살 시도였기 때문에 우선 폐쇄병동으로 가야 한다고 했다. 여기에 부모님이 동의를 해야 한다고 했다. 내 의견은 묵살되었고, 부모님의 사인에 따라 폐쇄병동으로 향했다.

힘을 낼 수 없는데 힘을 내라니

침대에 앉아 있으니 잠시 후 부모님이 올려 보낸 물품이 전달되었다. 샴푸, 린스, 치약, 칫솔 등의 세면도구와 전화카드가 있었다. 충전기 선으로 자해할 수 있기에 개인 휴대전화 소지는 금지였다. 공중전화로만 통화할 수 있었다. 어처구니가 없었다. 바깥 세계와 완벽한 차단이었다. 여기 갇혀 있는 동안 세상이 어떻게 돌아가는지 알 길이 전혀 없었다.

물품을 받아 병실로 왔다. 침대에 앉아 있으니 저절로 눈물이 흘렀다. 무언가 단단히 잘못된 듯한 기분에 사로잡혔다. 두 다리를 그러안고 앉아 있는데 간호사가 검사지를 들고 왔다. 지난번 병원에서 했던 검사지였다. 이 검사는 했던 것이라고 말했지만 소용 없었다. 다시 해야 한다고 했다. MMPI 검사(미네소타 다면적 인성 검사, 현재 가장 널리 쓰이는 인성 검사 중 하나)부터 문장 완성 검사까지 모조리 다시 했다. 지난번에 검사한 것이 있는데 왜 다시 하는지 물어보았으나 확실한 답을 받지 못했다.

어느덧 저녁 시간이 되었다. 입맛이 없었다. 밥을 먹는 둥 마는 둥 거의 남기고 병실로 돌아왔다. 쪼그리고 앉아 어디서부터 잘못된 것인지 되짚고 있는데 간호사 두 명이 들어왔다. 한 명은 약을 들고 있었다. 약을 주고 물을 주더니 삼키라고 명령했다. 얼결에 삼키고 나니 입을 벌리라고 했다. 제대로 삼켰는지 검사하는 것이었다. 그때 깨달았다. 나는 이런 곳에 와 있구나.

⟩

첫날은 뜬눈으로 밤을 지새웠다. 그날 술을 먹지 않았다면 이런 일도 없었을 텐데 하는 후회부터 폐쇄병동 입원에 동의한 부모님에 대한 원망까지 많은 생각이 나를 번민하게 했다. 어떻게 하면 이곳에서 빨리 나갈 수 있을까 하는 다급한 질문만이 머릿속에 가득했다. 의사가 회진을 오면 정상임을 호소해보는 것은 어떨까, 아니면 간호사들과 친해져서 관찰평가를 좋게 만들어볼까 등의 같은 생각을 다 했다. 밖에는 해가 뜨고 있었다.

아침이 되니 또 간호사 두 명이 왔다. 한 명은 약을, 한 명은 물을 들고 어제와 같이 먹고 삼키고 확인했다. 이

힘을 낼 수 없는데 힘을 내라니

과정이 너무 모멸스러웠다. 특히 "아, 해보세요"라고 확인할 때의 기분은 정말 참담했다.

침대에 앉아서 이 상황을 벗어날 궁리를 했다. 내가 여기 있을 필요가 없는 이유를 찾아내야 했다.

우선 거울이었다. 환자의 자해를 막는다면서 화장실 거울은 유리거울이었다. 내가 지금이라도 거울을 깨서 손목을 긋는다면 대형 사고다. 그런데도 이들은 태평하게 일인실 화장실에 유리거울을 설치해놓은 것이다. 두 번째는 인터폰이었다. 자해가 우려되어 휴대전화를 가져오지 못하게 하면서 인터폰은 선을 늘어뜨리고 버젓이 달려 있었다. 이 작은 병실에 유해 요소가 여러 가지였다. 자살 시도라는 전적 때문에 격리해야 한다는 이들의 논리는 나를 설득할 수 없었다. 또한 맞는 약을 찾기 위해서라는 근거를 댔지만 담당의사는 코빼기도 보이지 않았다. 간호사만 매일 들락날락할 뿐이었다. 무언가 빛을 발견한 듯했다. 나는 이곳에 있을 이유가 전혀 없었다.

다음 날 아침을 먹고 엄마에게 전화했다. 격앙된 목소리로 어제 생각했던 것들을 조곤조곤 털어놓았다. 이곳이 그렇게 안전한 곳이 아니고, 내가 마음만 먹으면 같은 짓을 또 할 수 있으니까 굳이 여기 있을 필요가 없고, 무엇보다 의사가 날 밀착 케어하지 않으니 이 정도는 밖에서도 충분히 받을 수 있는 정도의 관리니까 빨리 나를 여기서 꺼내달라고. 엄마는 진정하라고 했지만 나는 이미 머리 뚜껑이 열린 상태였다. 수화기 넘어 상대가 아빠로 바뀌었지만 난 같은 말을 반복했고, 아빠는 결국 "알았다"라고 답했다.

⟩

입원한 지 정확히 일주일 되던 날 퇴원을 위해 부모님이 다시 왔다. 간호사들은 갑자기 퇴원한다는 나를 보고 어디 불편한 것이 있었는지 묻느라 쉴 새가 없었다. 또 그제야 담당의를 만나볼 수 있었다. 인턴과 담당의를 보자마자 불만을 터뜨렸다.

"난 여기에 약을 맞추러 입원한 겁니다. 그런데 내 상태를 보러 한 번도 오지 않으셨잖아요. 대체 어떻게 약을 맞춘다는 겁니까?"

힘을 낼 수 없는데 힘을 내라니

"환자 분의 상태는 간호사들이 지켜보고 저희에게 보고합니다. 그걸 토대로 하고 있어요."

"기초적인 문진도 하지 않고 그저 눈으로 흘끗 보는 게 진료입니까? 그걸로 정확한 처방이 가능하다고 생각하세요?"

나는 그간 쌓인 불만을 쏟아냈다. 내가 울고 있다면 슬퍼서 우는지 억울한 감정에서 우는지 물어보지도 않고 '울고 있음'이라고 적는다면 그것이 정확한 진단일까? 내가 좋지 않은 표정을 짓고 있다면 슬퍼서인지 짜증이 나서인지 만나보지 않고 어떻게 안단 말인가?

의사는 별다른 대답을 하지 못하고 퇴원동의서를 내밀었다. 보호자의 동의가 필요한 서류였다. 아빠는 시원하게 사인했고 나는 짐을 모두 챙겨 뒤도 돌아보지 않고 병원을 나섰다.

열네 알의 예비약을
모조리 삼켜버린 날

아침부터 징조가 좋지 않았다. 오전 열 시쯤 눈을 뜨고
게으름을 한탄하며 누워 있었다. 며칠째 계속되는 게으
름이 싫어 알람을 맞추어 두었는데 또 듣지 못하고 늦잠
을 자버렸다. 늦은 아침 눈을 뜨면 이런 나 자신이 싫어
자괴감에 휩싸였다.

  시간이 지나고 몸을 일으켜 거실로 나갔다. 고양이들
은 아침 식사를 이미 마친 후인 듯 털을 고르고 있었다.
그들의 부지런함이 새삼 부러웠다. 여전히 잠에서 깨지

못해 머리가 멍했다. 커피를 내리면서도 몇 번의 하품을 연신했다. 하품하면서 나를 질책했다. 일찍 일어나 상쾌하게 아침을 맞이하고 싶었지만 그것은 내게 고차원 방정식처럼 풀기 힘든 숙제였다.

소파에 앉아 커피를 한 모금씩 마셨다. 온도를 잘못 맞추었는지 쓴맛이 강했다. 오늘 하루를 어떻게 보낼지 떠올려봐도 특별히 할 일이 없었다. 어찌할 바를 모를 때 누군가 지침을 주면 좋으련만. 때때로 시계를 확인하는 것이 내가 오늘 할 일의 전부였다.

커피가 다 식어버렸을 때, 시계는 오후 세 시를 가리켰다. 마음이 급해졌다. 할 일이 없다는 사실이 나를 더 급하게 했다. 여태껏 소파에 앉아서 이깟 오늘 할 일조차 생각해내지 못한다고? 하루를 이렇게 흘려보내야 한다는 것이 미칠 듯이 한심했다. 한심함을 넘어 이내 나를 강박으로 몰아넣었다. 무엇이라도 해야 하는데 무얼 할지 몰라 우왕좌왕했다. 심장은 쿵쿵거리고 아랫배는 꼬였다. 좀 전에 먹은 점심약은 아무 소용이 없었다. 나는 결국 예비약 통을 열고 말았다.

예비약 통 안에는 연한 노란빛 A가 들어 있다. 열네 알

남짓한 A는 보는 것만으로도 안정을 주었다. 한 알을 먹고 다시 소파에 앉아 긴장감이 잦아들기를 기다렸다. 어디에서인가 본 복식호흡도 해보았다.

저녁이 되자 우울의 강도가 심해졌다. '오늘 하루 또 아무것도 하지 않았구나' 하는 생각에 기분이 난파된 배처럼 가라앉았다. 난파된 배 안으로는 불안이 치고 들어왔다. 언제까지 계속 이렇게 무의미한 날들을 보내야 할까, 난 이렇게 살아도 될까 하는 상념으로 기분이 한없이 가라앉았다. 해가 져서 사방이 컴컴해졌는데 불도 켜지 않고 소파에 앉아 생각을 곱씹고 있었다.

고양이가 와서 내 다리에 머리를 비볐을 때 놀란 듯 정신을 차렸다. 벌써 밤늦은 시각이다. 뒤늦게 저녁 약을 먹고 침대로 갔다. 눕고 싶지 않았다. 여전히 오늘 하루에 대한 후회로 머리가 복잡했고 배가 아팠다. 등받이에 등을 기대고 쪼그리고 앉았다. 애써 '이런 날도 있는 거지'라고 다독여보려 했지만, 당겨졌다 놓인 활시위처럼 금세 제자리로 돌아가 오늘 하루를 자책했다.

도저히 참을 수 없어 약통에서 A를 하나 꺼내 물도 없이 삼켰다. 약 기운이 빨리 퍼지길 바라면서 다시 두 무

힘을 낼 수 없는데 힘을 내라니

를을 잡고 앉았다. 꽤 시간이 지난 것 같은데 심장도, 아랫배도 여전히 아파서 시계를 봤다. 아직 5분도 채 지나지 않았다. 한 알을 더 먹었다. 빨리 벗어나고 싶었다. 그러다 의사선생님이 하루 여섯 알까지는 괜찮다고 이야기했던 것이 떠올랐다. 잠시 후 두 알을 더 삼켰다. 여전히 불안은 계속됐고 오히려 손까지 떨리는 것 같아 두 알을 또 먹었다. 조금씩 제어를 잃었고 결국 약통의 열네 알을 다 삼켜버렸다.

빈 약통을 보니 맥이 풀렸다. 손톱 반만 한 작은 알약이지만 열네 알이나 먹어버리다니, 이게 얼마나 엄청난 짓인지 그땐 미처 알지 못했다. 그저 불안함이 가라앉은 것이 좋았다.

새벽녘 엄청난 통증으로 잠에서 깼다. 구르듯이 화장실로 뛰어가 변기를 잡고 구토를 했다. 위장을 확인할 것처럼 멈추지 않았다. 저녁을 먹지 않은 빈속이라 위액만 넘어왔다. 누군가 목구멍으로 손을 집어넣어 위 속을 헤집는 것 같았다. 얼굴이 눈물과 콧물로 범벅이 되었다.

변기를 너무 힘주어 잡아 손끝이 새하얗게 변해 저리기까지 했다. 쪼그려 앉은 다리가 이내 풀려 바닥에 털썩 주저앉았다. 그 상태로 변기에 머리를 처박고는 끝도 모르게 토했다. 이러다 무슨 일이 생기지 않을까 하는 걱정이 되는 것도 잠시, 밀려오는 구토감에 어지러웠다. 더 나올 것도 없는데 위장은 뒤집어져 나올 기세였다.

한참을 토하다 잠시 잠잠해졌다. 화장실 벽에 기대어 있다가 겨우 일어서 세면대에서 세수를 했다. 목이 너무 말라 수돗물을 한 모금 마셨다. 물이 넘어가자 속이 다시 울렁댔다. 얼굴을 닦으려 돌아서자마자 삼킨 물이 밀려 올라왔다. 변기를 붙잡고 조금 전까지의 사투를 다시 벌였다. 이제는 목을 가눌 힘도 없어 변기통에 얼굴을 받치고 있었다. 그 상태에서도 계속 위가 꿀렁거리고 위액이 넘어왔다. 이러다 죽는 건 아닌지 덜컥 겁이 났다. 119 생각이 났지만, 휴대전화를 어디에 두었는지 기억나지 않았다.

정신을 차렸을 땐 어슴푸레한 아침이었다. 경련은 멈춘 듯했다. 화장실에서 기어나가 시계를 보니 아침 다섯

❚ 힘을 낼 수 없는데 힘을 내라니

시였다. 속은 여전히 울렁거렸지만 토할 것 같지는 않았다. 물을 마시고 싶었지만 부엌까지 갈 엄두가 나지 않았다. 침대 위로 올라가 이불을 끌어안고 누웠다. 제발 이쯤에서 끝이 나길 빌었다.

다시 눈을 떴을 땐 아침 9시였다. 목이 너무 말라 참을 수가 없었다. 부엌으로 내려가 물을 마셨다. 찬물이 들어가니 위장이 긴장하는 것이 느껴졌다. 아니나 다를까 다시 속이 메슥거렸다. 화장실에 들어가자마자 방금 마신 물을 다 토했다. 어젯밤 너무 심하게 토해서인지 이번에는 조금 수월하다 느꼈다면 다행일까? 대신 어깨가 결렸다. 토하느라 어깨와 목에 힘을 잔뜩 준 바람에 담이 온 듯했다. 이를 닦고는 화장실을 벗어나 소파에 누웠다. 다시 119에 전화를 할까 고민했다. 이내 그만두기로 한다. 혼자서 약을 주워 먹고 토하고 있다고 말하기가 수치스러웠다.

오후가 되자 경련이 가라앉아서 물을 마실 수 있었다. 죽다 살아난 기분이었다. A의 부작용을 찾아보았다. 소화기계로 구역, 구토가 있었다. 과다복용까지 했으니 부작용은 당연했다. 그 외에도 여러 위중한 부작용이 나열

되어 있었다. 그제야 겁이 났다. 정말 큰일이 날 뻔한 짓이었다.

무슨 생각으로 그 많은 약을 다 먹었는지 모르겠다. 불안감에서 벗어나고 싶다는 충동 때문에 순간 판단이 제대로 되지 않았다. 나중에 병원에 갔을 때도 창피해 말을 하지 말까 망설이다 이실직고했다. 의사선생님은 깜짝 놀라며 예비약 A의 추가 처방을 삭제했다.

지금도 A를 먹을 때면 그날의 기억이 떠오른다. 어떤 일이 있어도 약물을 과하게 복용하는 일은 없을 것이다.

체중에 따라
내 자존감도
왔다갔다

병원에 갈 때는 늘 거의 같은 옷을 입고 갔다. 헐렁한 청바지에 맨투맨 티를 입었다. 옷 고르기도 귀찮았다. 화장도 하지 않고 머리도 그냥 질끈 동여매고 갔다. 그 꼴로 가서 의사선생님 앞에서 펑펑 울다가 약을 타서 돌아오는 것이 일과였다.

어느 날이었다. 병원을 가려고 옷을 갈아입는데 무언가 이상했다. 벨트를 조이는데 느낌이 달랐다. 평소였으면 그냥 넘어갔을 텐데 그날따라 신경 쓰였다. 살펴보니 예전에 채우던 구멍보다 하나 뒤에 채우고 있었다. 이전 구멍으로 채우면 살짝 조이는 느낌이 들었다.

갑자기 등줄기가 서늘해졌다. 나는 입던 옷을 내려놓고 체중계로 갔다. 잠시 심호흡을 하고 한발씩 올라섰다. 숫자를 믿을 수 없어 내려왔다 다시 올라갔다. 조금 전과 같은 숫자가 나타났다. 몸무게가 8킬로그램이 늘어난 것이다. 우울증 진단을 받고 약을 먹은 지 한두 달이나 됐을까 몸무게가 이렇게 늘어나버렸다. 나는 멍한 상태로 체중계에서 내려왔다.

우선 병원을 가야 하니 옷을 입었다. 몸뚱아리가 내 몸 같지 않았다. 갑자기 몸도 거슬렸다. 걸으면서 팔과 다리가 몸에 부딪히는 것이 불편했다. 어쩌다 이렇게 살이 찐 것인지 당황스러웠다. 폭식하지도 않았는데 원인이 무엇인지 알 수 없었다.

병원에 도착해서 대기하면서도 체중 생각만 했다. 진료실에 들어가면 의사선생님에게 호소할 생각이었다. 우울증이 문제가 아니라 내 체중 증가가 문제라고 말이다. 필요하다면 검사라도 해달라고 이야기할 심산이었다.

내 차례가 되었다. 오늘은 할 말이 많다 보니 혹시라도

힘을 낼 수 없는데 힘을 내라니

빼먹을까 봐 긴장되었다. 진료실로 들어가 소파에 앉았다. 일상적인 이야기를 하다 진료 시간이 끝나갈 즈음 마음이 급해졌다. 막상 말하려니 목구멍이 꽉 막혔다. 살이 쪘다는 것이 의사선생님에게 말할 증상인지 갑자기 의구심이 들었고 여자인 내가 남자 의사선생님에게 "저 살쪘어요"라고 말하는 상황이 민망하기도 했다.

머뭇거리고 있으니 의사선생님이 더 할 말이 있냐고 물었다. 나는 선생님에게 지목을 받은 초등학생처럼 얼른 대답했다.

"갑자기 살이 8킬로그램이나 쪘어요. 이거 혹시 문제가 있는 건가요?"

말을 하고 나니 후회가 밀려왔다. 단순히 운동 부족이라고 하면 어쩌지 하는 생각이 들었다. 그럼 너무 민망할 것 같았다. 나는 고개를 숙여 시선을 피했다.

"약 부작용일 수 있어요. 도움을 줄 수 있는 약을 함께 처방하도록 할게요. 대신 운동도 하셔야 합니다."

233

난 혐의를 벗은 죄인처럼 안도의 한숨을 쉬었다. 의사 선생님은 보조제이니 드라마틱한 효과는 기대하지 말라고 했다. 반드시 운동이 병행되어야 한다고 했다.

집에 도착해서 옷장으로 갔다. 내 상태를 파악하기 위해서였다. 우선 정장 치마를 꺼내 들었다. 허리가 맞지 않았다. 정장 바지도 같은 상황이었다. 단추와 단춧구멍이 서로 닿지 않았다. 스키니진은 허벅지가 맞지 않아 다리를 온전히 넣을 수도 없었다. 옷장의 옷 중 절반 이상이 입을 수 없는 옷이었다. 갑자기 가슴 속에서 울컥하고 서러움이 밀려 올라왔다. 나는 그 자리에 주저앉아 옷을 붙잡고 울기 시작했다. 내 꼴이 너무 비참했다.

옷을 보고 있자니 화가 나서 견딜 수가 없었다. 맞지 않는 옷을 다 버려버릴까 생각했다. 나에 대해 치밀어 오르는 분노를 주체할 수 없었다. 분노뿐만 아니라 죄책감도 밀려왔다. 아무리 약 부작용 때문이라고 해도 그뿐만은 아닐 것이다. 무기력증에 빠져서 움직이지 않은 내 탓도 있을 것이다. 3개월 전만 해도 멋진 커리어우먼의 모습으로 투자자들 앞에서 발표를 하던 내가 이제 뚱뚱하고 쓸모없는 여자가 되어버렸다니. 다시는 사회로 돌아갈 수 없을 것만 같았다.

널브러진 옷들 사이에서 한참을 울다 멍하니 앉아 있었다. 가슴에 큰 납덩이를 하나 매단 것 같아 일어서기가 쉽지 않았다. 겨우 침대로 가서는 이젠 어떻게 해야 하나 생각했다. 답은 한 가지였다. 운동이었다. 그러나 운동하겠다고 생각하니 엄두가 나지 않았다.

그렇게 며칠을 보내다 하루는 책꽂이에 꽂혀 있는 앨릭스 코브의 『우울할 땐 뇌 과학』을 꺼내 들었다. 그 책에는 마치 내 상황을 알고 있다는 것처럼 "운동이 뇌에 미치는 영향"이라는 챕터가 있었다. 다 좋은 내용이고 알고 있는 내용이었다. 운동은 신체적으로, 정신적으로, 사회적으로 우리에게 이롭고, 새로운 뉴런을 만들며, 세로토닌과 노르에피네프린 그리고 도파민을 생성한다고 했다. 중요한 것은 그 내용이 아니었다. 챕터의 마지막 부분 "시작은 그저 산책이었다"가 나를 사로잡았다. 저자도 처음부터 마라톤을 하지는 않았다. 친구가 마라톤에 나가자고 설득했지만, 그는 거절하고 대신 작은 것부터 바꾸기로 한다. 아침을 먹고 짧은 산책을 시작한 것이다. 거창한 운동이 아니었다. 일단 시작하니 서서히 상승 곡선을 탔다. 운동하는 시간이 점점 많아졌고 나중에는 좀 더 결연하게 운동을 대하게 되었다. 이후 마라톤에 관심도 갖게 된다.[22]

우울증에 걸린 사람이 운동을 시작할 때 가장 큰 걸림돌은 하기 싫다는 마음이다. 부정적인 생각이 자꾸 따라붙는 것이다. 나도 운동을 하러 갈 상상을 하니 온갖 부정적인 생각들이 내 발목을 잡았다. 이 올가미에 한 번 걸리니 빠져나올 생각을 못 했다.

나도 그저 조금씩 움직여보기로 했다. 집 앞을 나가보고 산책 시간을 늘리고 걸음 속도를 빠르게 해보았다. 점차 기분이 좋아졌다. 운동을 할 수 있을 것 같았다. 얼마 뒤 헬스장에 등록했다. 목표는 일주일에 세 번 가기로 잡았다. 문을 나서는 것이 가장 힘들었지만 집만 나서면 나머지는 물 흐르듯 진행되었다. 운동하고 땀을 흘리고 나면 기분도 한결 나아졌다. 물론 중간 중간 우울의 파도가 몰려올 때는 운동하러 가는 것이 너무 고역이었다. 그럴

💬 힘을 낼 수 없는데 힘을 내라니

땐 무리하지 않고 잠시 쉬기도 했다.

　보조약과 운동이 효과가 있었는지 체중이 좀 줄었다. 예전의 상태로 돌아가려면 아직 멀었지만 그래도 조금씩 줄어드는 체중계의 숫자를 보면서 내 자존감도 조금씩 회복되었다.

5

"뭘 그렇게 고민해? 태어났으니 사는 거야.

잘 살려고 하지 마. 그럼 힘들어서 못 살아."

세상에 하루를 의미 있게 사는 사람이

몇이나 될 것 같냐면서

무사히 잘 지냈으면 그걸로 된 거라고 했다.

너무 최선을 다하려고 노력하지 말라고 했다.

쓰러진 나를 힘껏 안아주기

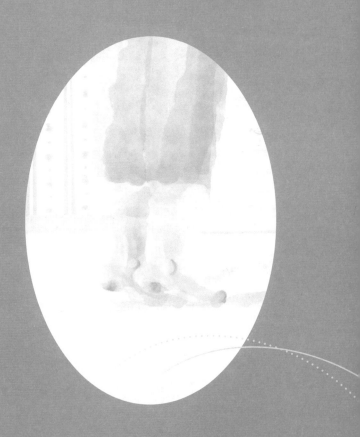

다시 성을 쌓아 올릴
기회가 있다는 믿음

앤드루 솔로몬에 의하면 조증 환자의 절반이 자살을 기도하며 중증 우울증의 경우에는 20퍼센트 정도가 자살을 시도한다.

2019년에는 많은 연예인이 생을 마감했다. 모두 꽃 같은 사람들이었다. 특히 전미선 씨의 죽음은 나를 발코니에서 뛰어내리게 할 정도로 큰 영향을 미쳤다.

설리와 구하라의 사망 때는 엄마가 집에 한동안 와 있었다. 엄마는 텔레비전을 틀지 못하게 했다. 가급적 휴대전화도 보지 못하게 했다. 19세기 초 『젊은 베르테르의 슬픔』이 출간되었을 때 이를 흉내 낸 자살이 연이은 것처럼 내가 또다시 영향을 받을까 봐 걱정되었던 모양이다. 나는 엄마 몰래 그들의 얼굴을 검색해보았다. 무엇이 그토록 힘들었을까, 무엇 때문에 생을 마감해야 했을까, 나는 생각을 멈출 수 없었다.

특히 구하라는 유산분배와 관련된 '구하라법'이라는 이슈를 남겼다. 의도한 것은 아니지만 남겨진 사람들에게 풀어야 할 숙제를 던지고 떠난 것이다. 남겨진 가족들과 갑자기 나타난 어머니, 그리고 유산분배. 떠난 사람이 바라는 풍경은 아닐 텐데.

나의 뒷모습을 생각했다. 조울증이 오고 나서 때때로 죽음을 떠올린다. 단순히 '이렇게 살아서 뭐 하나, 에라 죽어야지'가 아니라 죽음에 대해 다양한 관조를 한다.

죽음에 대한 상념은 후회로 시작한다. 지금도 그날의 선택을 후회한다. 그때 그런 무모한 선택을 하지 않았다면 나의 과거는 온전히 남아 성처럼 굳어갔을 텐데. 잘못된 판단 한 번으로 내 인생이 모두 바스러졌다는 생각을 곱씹고 또 곱씹다 보면 하나의 생각에 도달한다. 이 파편을 수습할 자신이 없어 죽음을 대안으로 삼는 것이다. 다시는 돌담조차 쌓아 올리지 못할 것이고 계속 무의미한 삶을 살아갈 것이다. 언젠가 죽음의 순간, 뒤돌아보면 얼마나 후회를 할까? 허무한 순간을 맞이하느니 미리 마침표를 찍는 것이 마땅하지 않을까?

마침표를 찍자니 걸리는 것이 많다. 우선 부모님이 제일 먼저 스친다. 평생을 딸 잘되는 것만 바라고 산 분들이다. 조울증이라는 병에 걸려 맥없이 나자빠져 있는 지금의 사태를 가장 가슴 아파하는 분들이다. 내가 만약 마침표를 찍는다면 부모님에게 너무나 잔혹한 짓이 된다. 뒤이어 무슨 일이 벌어질지 상상할 수도 없다.

남편도 마찬가지다. 지금은 직장 때문에 멀리 떨어져 있지만 매일 전화하고 문자하면서 연애할 때보다 더 애틋하다. 그러면서도 늘 옆에 있어 주지 못해 미안하다고 다정하게 말해준다. 이 사람을 만나지 않았다면 이렇게 마음 놓고 아프지도 못했을 것이다. 남편의 슬픔이 전해

오는 것 같아 자살이라는 단어를 머릿속에서 지운다.

쇼펜하우어는 "삶의 공포가 죽음의 공포를 넘어서는 순간, 인간은 자신의 삶에 종지부를 찍게 된다"라고 했다. 나도 이 삶을 이겨낼 자신이 없을 때가 종종 있다. 다시 사회로 돌아가지 못할 것 같은 낙오감, 조울증이 다 낫지 못할 것 같은 불안, 내 역할이 없어져버릴 것 같은 상실감 등 많은 두려움이 나를 덮친다.

사소한 일로 삶을 포기하고 싶을 때도 있다. 쌓여 있는 설거지거리를 보고 시작할 엄두가 안 나 그 앞에 쪼그리고 앉을 때, 처참한 기분이 든다. 마루에 먼지가 한가득인데 진공청소기를 꺼내러 갈 힘이 없을 때, 무력하다. 며칠을 씻지 않았지만 샤워하러 가지 못할 때, 한심하다. 이럴 때 차라리 종지부를 찍는 것이 낫지 않을까 하는 생각이 엄습하는 것이다.

가장 두려운 것은 자살 자체가 아니다. 이대로 내가 사람들에게서 잊히는 것이 제일 두렵다. 아무것도 아닌 존

💬 힘을 낼 수 없는데 힘을 내라니

재가 되는 것이 무섭다. 세상에 아무것도 남기지 못한 채 허무하게 사라지는 것이 제일 싫다. 조울증으로 몸과 마음이 너덜너덜해졌어도 나에겐 아직 자기애가 남아 있는 모양이다. 어쩌면 이것이 내가 버티는 힘일지도 모른다.

　비록 아주 작아졌지만 아직 나의 세계가 공고히 존재한다. 없애고 싶지 않다. 가족, 친구, 지인을 떠올리면 다시금 도리질을 치게 된다. 그럴 때마다 자리에 앉아서 차근차근 내 세계를 곱씹는다. 다시 한번 성을 쌓아 올릴 기회가 있을 것이라고 믿으면서 말이다.

후회를
멈추는 법

우울은 과거를 먹고 산다. 우울의 촉수는 가장 가까운 과거부터 차례로 먹어치운다. 우울이 먹고 내뱉어놓은 찌꺼기는 나를 더욱더 무겁게 만들고 나는 그 속으로 침잠해 들어간다. 움직일수록 빠져드는 개미지옥과 같이 한번 발을 들이면 아무리 허우적대도 헤어 나오기 힘들다. 켜켜이 쌓인 과거 속으로 점점 빠져든다.

박사학위를 딴 이후로 나는 줄곧 '박사님'으로 불렸다. 직급이나 직책이 있었지만 그와 무관했다. 친구들 사이

별명도 '고박'이었다. 처음에는 부담스럽고 낯 부끄러웠지만 얼마 지나지 않아 금세 익숙해졌다. 어쩌다 누군가가 나를 다른 호칭으로 부르면 알아듣지 못하고 대답을 놓친 경우도 있었다. 마지막 직장에서의 호칭도 '고 박사님'이었다. 어엿한 '이사'라는 직책이 있었지만 모두 그렇게 불렀다. 나도 별다른 이견을 표하지 않았다.

9

우울증으로 직장을 그만두고 집에서 두문분출하며 지내고 있던 어느 날이었다. 두 번이나 시도한 구직에 실패해 의기소침해하고 있었다. 앞으로 어떻게 살아야 할지 머리가 복잡했다. 몇 군데 지원할 만한 다른 구인 공고를 찾았지만, 또 실패할까 봐 두려워 선뜻 지원하지 못했다. 상세 요건을 살펴보다 책상에 엎드려버렸다. 힘이 빠져 더는 알아보기 힘들었다.

앞이 캄캄했다. 이렇게 나의 삶이 끝나는 것만 같았다. 살면서 이렇다 할 실패를 겪어보지 못한 나로서는 두 번의 구직 실패가 주는 절망감이 매우 컸다. 소위 말하는

쓰러진 나를 힘껏 안아주기 9

대기업에 지원한 것도 아닌데 떨어졌다. 뭔가 합리적인 이유가 있어 나를 뽑지 않은 것이겠지만, 나로서는 닳아 버린 나사처럼 더 이상 쓸모없어진 것 같아 겁이 났다. 사회에서 밀려나 하루하루를 맥없이 보내는 사이 공백기는 점점 길어졌고 재입사 가능성은 더욱 낮아지고만 있었다. 그러다 문득 생각이 들었다.

'아, 난 이제 박사라는 호칭으로 불릴 일이 없겠구나. 난 뭘 하자고 그렇게 애를 쓰며 학위를 땄을까?'

허탈했다. 그동안의 인생이 부정당하는 기분이었다. 내 삶의 상당 부분을 투자해 따낸 학위인데 이제는 아무 짝에도 쓸모가 없다고 생각하니 명치가 답답했다. 이제 내 삶은 무엇으로 규정해야 할지 몰라 머리가 멍했다. 앞으로 직장을 다닐 수 없을지도 모른다 생각하니 덜컥 막막했다. 과거의 영화가 봄날의 깃털처럼 날아가버리고 남은 것은 한 줌의 모래뿐이었다. 그마저도 손가락 사이로 다 빠져나가 주먹을 쥔 손에는 남은 것이 없었다. 내가 할 수 있는 것이 무엇인지 떠오르지 않았다. 하고 싶

💭 힘을 낼 수 없는데 힘을 내라니

은 것이 무엇인지도 몰랐다. 여름날 나무 기둥에 붙어 있는 매미 허물처럼 텅 빈 내가 애처로울 뿐이었다.

할 수 있는 것이 없다는 결론에 이르니 살아야 할 이유도 없었다. 돈을 버는 것도 아니고 그렇다고 남을 위해 봉사를 하는 것도 아닌 하루하루를 낭비하는 내 삶은 아무 의미가 없다. 조울증을 앓은 지 벌써 삼 년이다. 십 년, 이십 년마저 금방 올 것 같았다. 나이가 들어 뒤돌아보았을 때 아무것도 남긴 것이 없는 삶이 되지 않을까? 후회하며 생을 마감하지 않을까? 불안해졌다. 하지만 뾰족한 수가 있는 것은 아니었다.

시간을 돌리고 싶었다. 잘 다니고 있던 포스코를 박차고 나오던 때로 돌아가 그러지 말라고 나를 말리고 싶었다. 그때 그런 바보 같은 선택을 하지만 않았더라면 지금 이 지경이 되지는 않았을 것이라 생각하니 눈시울이 붉어졌다. 그때의 나는 무슨 오만함으로 회사를 그만두고 이직을 했는지 아무리 생각해도 모를 일이었다. 감언이설에 넘어간 스스로가 너무 한심해 화가 치밀었다. 그러나 지금에 와 후회한들 아무 소용없는 일이었다.

이직한 회사에서의 일들도 하나하나 떠올랐다. '이건

아니다'라는 생각이 들었을 때 박차고 나와 다른 곳으로 이직했다면 조울증에 걸리지 않았을 텐데, 내가 조금만 더 일찍 알아차렸다면 이런 상황까지 오지는 않았을 텐데. 텐데, 텐데… 후회는 과거를 시간 단위로 쪼개며 계속되었다. 이렇게 망가질 때까지 나는 왜 거기서 멍청하게 버티고 앉아 있었는지 생각이 꼬리를 물었다. 나에게 이직을 제안한 그자에 대한 원망도 점점 커져 어느새 저주를 퍼붓고 있었다.

이렇게 후회만 하고 앉아 있을 수는 없는 노릇이다. 후회는 나를 좀먹을 뿐 아무짝에도 쓸모 없는 일이었다. 시간은 되돌릴 수 없다. 지금 상황이 너무도 유감이고 한편으로는 억울하기도 하다. 하지만 이것도 내 삶이라는 것을 빨리 인정해야 했다. 이렇게 매일을 보낼 수 없다. 그건 전적으로 나의 손해다.

우울의 반대는 행복이 아니라 활력이라고 한다. 앤드루 솔로몬도 여러 위험한 충동 끝에 삶을 더 깊게 들여다

힘을 낼 수 없는데 힘을 내라니

보게 되었다고 한다. 언젠가 다시 무너질지도 모른다는 두려움 속에서도 살아야 할 이유를 발견하고 그것에 매달리고 있다고 한다.

시시때때로 치고 올라오는 분노와 후회, 그리고 불안을 강제로 막을 수는 없다. 약을 먹고 있더라도 완전히 잠재울 수는 없다. 여전히 한여름 소나기처럼 갑자기 퍼부어 나를 엉망으로 만들어놓고 간다. 하지만 예전처럼 휘둘리지 않으려 한다. 이 또한 지나가리라는 것을 믿고 견딘다. 앞으로 한 발이라도 나아가려고 애를 쓴다. 이것이 내가 살아가는 방법이다.

엄마라는
어려운 숙제

지나온 세월을 뒤돌아보면 서로 다른 기억을 갖고 있는 경우가 종종 있다. 같은 사건이어도 누구에게는 좋은 추억이 누구에게는 가슴 아픈 기억일 수도 있는 것이다. 그래서 가슴 아파하고 있는 사람에게 "뭐 그런 일로 힘들어하냐"라고 쉽게 이야기하는 모양이다. 자기는 겪지 않은 일이니 알 수가 없는 노릇이다. 설사 그것이 가족일지라도 말이다.

　우울기가 찾아와서 불안정해지면 엄마는 내 집에 와

　　9　힘을 낼 수 없는데 힘을 내라니

있겠다고 고집을 부렸다. 나는 한사코 안 된다고 우겼지만 엄마의 고집을 꺾을 수는 없었다. 사흘 정도로 합의 후 엄마는 결국 왕림했다.

＇

엄마가 집에 오는 것을 반기지 않는 첫 번째 이유는 자꾸 무언가를 먹이려고 하기 때문이다. 우울기가 오면 입맛이 하나도 없어 커피 정도로 연명하는데 엄마는 올 때부터 푸줏간을 열 듯 고기를 한 짐 지고 온다. 고기를 잘라 냉동실에 쟁여두는 것으로 일정을 시작한다. 이 고기를 다 먹이지 않으면 돌아가지 않을 것이라는 굳은 의지가 엿보였지만 나는 그것을 물끄러미 바라볼 뿐이다.

두 번째 이유는 끊임없는 수다다. 올 때는 분명히 날 방해하지 않고 죽은 듯이 있겠다고 했다. 그러나 엄마는 고기만 한 짐 가져온 것이 아니었다. 동네 이야기, 옆집 아줌마 이야기, 사촌 이야기 등 이야깃거리가 한 짐이었다. 이 이야기를 중간에 끊는 것은 또 미안해서 끝까지 듣게 된다. 그러다 보면 머리가 멍해진다.

세 번째 이유는 옛날 이야기다. 엄마가 기어이 꺼내는 예전 이야기 중에는 다시는 상기하고 싶지 않은 것들이 있다. 엄마는 주머니에서 동전을 꺼내듯 하나하나 손바닥 위에 꺼내어 보인다. 그중에는 내가 엄마에게 상처를 받은 일도 있었다. 그러나 엄마는 모르는 듯했다.

다른 날 같으면 그냥 넘어갔을 이야기였다. 또 속으로 꾹 누르고 지나갔을 것이다. 그날은 내 속이 너무 꽉 차 있어서 더 담을 수가 없었다.

"엄마, 그때 내가 정말 괜찮았을 거라고 생각해?"
"응? 무슨 말이야? 그때 무슨 일 있었어?"

엄마는 전혀 모르는 듯이 반문했다.

"내가 그때 말을 안 해서 그렇지 장녀라는 이유로 그 짐을 다 떠안았던 게 얼마나 버거웠는데. 그리고 그걸 당연하게 생각하는 엄마에게 얼마나 화가 났는데. 이제 와서 이렇게 이야기하는 게 웃기지만 나 너무 서운했어."

♥ 힘을 낼 수 없는데 힘을 내라니

갑자기 눈물이 났다. 그 말을 시작으로 쌓였던 감정들이 손 쓸 새도 없이 터져 나왔다. 엄마에게 변명할 틈도 주지 않았다. 엄마가 무슨 말을 하려고 하면 내가 다 끊었다. 엄마의 말을 듣기도 싫었다. 이제껏 참았으니 이젠 내 말을 좀 들어주었으면 좋겠다는 생각이었다.

목소리가 점점 커지고 어느새 두 주먹을 쥐고 엄마에게 소리를 지르고 있었다. 케케묵은 예전 이야기까지 다 꺼내어 털고 있었다. 시간은 역순으로 흘러 회사 다닐 때, 대학원 다닐 때, 대학교 때, 심지어 초등학교 때 이야기까지 나오고 있었다. 얼굴은 눈물과 콧물로 엉망이 되어 있었지만 개의치 않았다.

어느 정도 쏟아내고 나니 정신이 돌아왔다. 엄마도 울고 있었다. 엄마는 연거푸 "미안해, 미안해"라고 했다. 내가 말을 멈추자 엄마가 말했다.

"네가 그 정도로 힘든 줄 몰랐어. 미안해. 절대 너에게 짐을 지우려고 그런 거 아니야. 믿음직한 딸이라 많이 의지했나 봐. 미안해 정말."

엄마의 진심 어린 사과를 들으니 가슴이 아팠다. 내가 매정한 사람이 된 듯했다. 칼을 들고 휘두른 기분이었다. 기운이 빠져 더 이상 울 기운도 없었다.

"아냐, 엄마. 내가 미안해. 내가 지금 민감해서 그래."
"난 너 없었으면 어떻게 살았을까 싶어. 정말이야. 그래서 늘 고마워."

엄마는 내게 고맙다고 했다. 나는 더 말을 할 수가 없었다. 대학원을 졸업하고 사회에 나와서도 난 엄마를 벗어나지 못했다. 완전한 독립을 하지 못하고 엄마에 대한 책임감에 시달렸다. 엄마의 해결사 노릇을 했다. 성인이 된 후로는 온전히 독립하고 싶은 생각을 하면 죄책감에 시달렸다. 내가 엄마를 배신하는 것만 같았기 때문이다.

엄마와의 대화 이후로 나는 조금씩 달라지기로 했다. 엄마의 진심을 이해하지만 적당한 약간의 거리도 두는 채로 말이다. 그것이 엄마와 나, 모두를 위해 올바른 길이라고 믿는다.

● 힘을 낼 수 없는데 힘을 내라니

운동은
남편을 웃게 한다

남편과의 대화는 쳇바퀴를 돌고 있었다. 매일같이 전화
해 애틋하게 안부를 물으며 대화를 시작하지만 끊을 때
쯤엔 감정이 상해 있었다. 여러 가지 이유가 있지만 가장
큰 이유는 운동이었다.

　"제발 내 말 좀 들어. 헬스장에 일주일에 세 번만 가보도
록 해봐. 그럼 정말 좋아질 거라니까?"
　"헬스장에 가는 거 자체가 너무 힘들어. 이해를 못하는 모

양인데 난 집 밖을 나가는 게 두려워. 너무 힘이 든다고!"

　이 말만 반복하다 내일 다시 이야기하자고 하며 전화를 끊기 일쑤였다. 내일이 되면 또 같은 이야기로 싸웠다. 나는 남편이 왜 이렇게 운동에 집착하는지 답답했고 남편은 움직이지 않는 나를 이해하지 못했다.

　남편의 말이 옳다는 것은 알고 있었다. 많은 연구에서 운동이 뇌 건강에 얼마나 좋은 영향을 미치는지 보여주고 있기 때문이다. 캐나다 웨스턴대학 매튜 히스 교수팀이 연구한 뇌 기능 활성화에 필요한 최소 운동 시간을 보면 십 분만 운동해도 눈에 띌만한 효과가 나타난다고 한다. 운동의 효과는 너무 잘 알고 있다. 문제는 나였다.

　어느 날 남편이 한국에 들어왔다. 집에 오자마자 서둘러 짐을 풀고 나에게 선물을 내밀었다. 게임기였다. 나는 이게 뭐냐고 물었다. 게임을 좋아하지 않는 난 시큰둥했다. 그러나 남편은 잔뜩 흥분해서 게임기를 텔레비전에

　　🗨 힘을 낼 수 없는데 힘을 내라니

연결했다. 그리고는 하나하나 설명했다.

단순한 게임이 아니었다. 운동을 할 수 있는 게임이었다. 캐릭터를 만들어 모험을 떠나고 도중에 만나는 몬스터를 잡는 게임이었다. 하지만 몬스터를 잡으려면 일정량의 스쿼트나 런지, 레그레이즈 등의 운동을 바른 자세로 해야 했다. 다리와 손에 착용한 기구에 든 센서가 동작을 감지하는 것이다. 자세가 바르지 않으면 횟수가 올라가지 않았다. 그렇게 몬스터를 잡으면 코인이나 보석이 쌓이고 경험치도 올라갔다. 모은 코인으로는 좀 더 좋은 운동복을 살 수도 있었다.

"헬스장에 가기 힘들면 집에서 이걸 해봐. 재미있을 거야. 레벨도 올리고, 몬스터도 잡고, 생각보다 운동이 될 거야."

남편은 그 어느 때보다도 즐거워 보였다. 신기한 마음에 첫 스테이지를 시작해보았다. 그간 운동을 안 해서인지 힘은 들었지만 재미있었다. 무엇보다도 한 동작 한 동작을 할 때마다 "좋아!", "그거지!", "오케이!"라고 게임기에서 나오는 응원의 목소리가 힘이 되었다.

연달아 나오는 몬스터를 잡다 보니 어느새 한 시간이 지나 있었다. 한 발짝 움직이기도 힘들어하는 내가 운동을 한 시간이나 한 것이다. 얕게 땀도 나고 있었다. 헬스장에 가는 고통과 비교가 되지 않게 재미있었다. 이 정도면 매일 할 수 있을 것 같았다. 남편에게 고맙다고 열심히 하겠다고 했다. 남편도 뿌듯해하는 것이 보였다. 아픈 나를 운동시키기 위해 얼마나 고민했을지 보여 가슴이 뭉클했다.

전문우 작가도 『아무것도 할 수 없었던 그때, 나를 치유해준 말 한마디』에서 운동을 할 때는 처음부터 너무 많은 계획을 세우지 않는 것이 좋다고 한다. 그보다 지금 당장 시작할 수 있는 가벼운 운동을 계획해보라고 제안한다. 기분을 좋게 만든다는 생각으로 마음을 편하게 먹고 운동을 시작해야 한다고 한다.[23]

난 아직도 몬스터를 잡고 있다. 벌써 400레벨에 가깝다. 별것 아닌 게임이지만 덕택에 살도 빠지고 어느 정도 활력도 되찾았다. 가장 중요한 것은 이제 운동은 남편과 나의 대화 주제에서 완전히 빠져버렸다는 사실이다.

태어났으니
사는 거야

조울증이 찾아온 이후로는 머리로는 무언가 의미 있는 일을 하며 하루를 보내야겠다고 열두 번도 더 생각하지만, 몸이 움직여지지 않았다. 그렇게 시계만 보고 있다 보면 서너 시간이 훌쩍 흘러버리고 그렇게 하루가 가버렸다는 생각에 다시 우울감에 휩싸였다. 회사를 그만두고 경제활동을 하지 않으면서 강박은 더 심해졌다. 내 존재의 의미마저 사라지는 듯했다. 돈을 벌지 못한다는 사실에 자신감이 사라지는 것은 물론 의기소침해져서 내

옷 한 벌도 제대로 사지 못하는 지경에 이르렀다.

그렇다고 무슨 뾰족한 수가 있는 것도 아니었다. 책을 보려고 해도, 운동하려고 해도 자꾸만 '그게 무슨 소용이지? 아무 의미 없는 짓이잖아'라고 생각되었다. 특히나 돈이 드는 무언가를 하는 것은 주제 넘는 일 같아서 도저히 할 수 없었다. 보람되게 보내야 한다는 강박과 아무것도 할 수 없는 무기력함 속에서 하루하루가 흘러갔다.

아론 벡은 "흔히 심각한 우울증 환자에게서 보이는 주요 증상은 가장 단순한 과제조차도 수행하려는 동기가 부족한 것이다"라고 했다.[24] 무엇을 해야 하는지 알고 있지만, 그것을 하려는 내적 욕구가 없는 것이다.

남편은 이런 내 속사정도 모르고 매일 여러 가지를 해 보라고 했다. 이런 기회는 다시 없다고 농담하며 내 기분을 맞추려고 노력했다. 난 핑계를 대며 빠져나가면서도 그럴 때마다 죄를 짓는 기분이었다. 누가 보면 배부른 소리라고 하겠지만 나는 속이 바짝바짝 타들어갔다.

나는 결국 솔직히 말했다. 하루를 잘 살고 싶은데 잘 살아지지 않는다고, 그래서 하루하루가 우울하고 너무 속상하다고, 내가 번 것이 아니라서 돈을 쓰는 것도 너무

💭 힘을 낼 수 없는데 힘을 내라니

겁이 나고 아깝다고 했다. 남편은 이런 말을 건넸다.

9

"뭘 그렇게 고민해? 태어났으니 사는 거야. 잘 살려고 하지 마. 그럼 힘들어서 못 살아. 그리고 돈은 같이 번 거야. 와이프가 있으니 내가 일을 하는 거지. 그런 걱정하지 마."

세상에 하루를 의미 있게 사는 사람이 몇이나 될 것 같냐면서 무사히 잘 지냈으면 그걸로 된 거라고 했다. 너무 최선을 다하려고 노력하지 말라고 했다. 나는 아침에 늦게 일어나 너무 스트레스를 받는다는 이야기도 했다. 점점 게을러지는 나 자신을 용서할 수 없는데 통제가 되지 않아 힘들다고 말했다.

"잠을 많이 자는 건 좋은 거야. 걱정하지 말고 푹 자. 잠을 못 자는 것보다 낫지."

나는 아무 말을 못 했다. 남편의 말이 다 맞았기 때문이다. 오늘 하루를 무사히 보냈으면 그것으로 감사하며 하루를 만족하면 되는 것이다. 아침에 일어날 수 없을 때는 굳이 일어나려고 애쓰지 말고 푹 자면 되는 것이다.

다음 날은 아침 10시에 눈을 떴다. 늦은 아침이었지만 시계를 보며 괴로워하지 않았다. 대신 잘 잤다고 생각했다. 꿈도 꾸지 않은 채 오랜만에 푹 자고 일어난 아침이었다. 죄책감을 느끼는 대신 오늘은 운동을 해야겠다고 다짐했다. 책도 한 권 읽어야겠다고 생각했다. 이렇게 시작하니 하루가 평온했다.

앤드루 솔로몬의 말처럼 지나간 시간은 되돌릴 수 없다. 아무리 우울증을 겪고 있다고 해도 생이 끝나는 순간에 그 시간을 다시 보상받을 수는 없다. 그러니 기분이 엉망이라고 하더라도 후회하기보다는 주어진 시간을 긍정적으로 받아들이며 지내는 데 집중하는 편이 낫다. 또한 우울증은 지금의 생활방식이 괴롭다는 것을 알려주는 메시지라고 한다. 꼭 이렇게 해야만 한다는 강박관념을 버리고 사고방식을 바꾸도록 시도해보아야 한다.

힘을 낼 수 없는데 힘을 내라니

부처님,
제 소원을 들어주세요

나는 밋밋한 딸이다. 아빠가 딸에게 기대했을 애교라고
는 눈곱만치도 없다. 사랑한다는 둥 보고 싶다는 둥 간지
러운 말도 해본 적이 없다. 애정 표현에 서툰 것은 아빠
도 마찬가지다.

아빠는 내 조울증을 실감하지 못했다. 전화를 하면 마
무리는 늘 같았다.

"마음 굳게 먹고 빨리 벗어나야 한다. 별거 아니야."

쓰러진 나를 힘껏 안아주기

난 이 말이 너무도 무거웠다. 하루하루 버텨내는 것이 천근 같은데 별게 아니라니 이렇다 할 대답을 할 수 없었다. 아빠의 말이 변하기 시작한 것은 응급실에서 나를 본 후부터였다.

"괜찮아. 조금만 참아. 조금만 참으면 돼."

약을 먹으면 금방 나을 것이라고 믿었던 딸의 병이 이 정도로 심각할 줄은 몰랐을 것이다. 그 후로 아빠는 예전처럼 마음을 굳게 먹으라는 둥 빨리 빠져나오라는 둥의 말도 하지 않았다. 약 잘 챙겨 먹으라는 말과 아빠가 곁에 있다는 말로 바뀌었다. 아빠 친구 중에도 우울증을 앓고 있는 사람이 있는데 약 줄이는 것이 능사가 아니라고 했다는 말도 덧붙였다. 그리고 힘들면 언제든 전화를 하라고 했다.

아빠의 변화는 이뿐만이 아니었다. 나의 낙상 사고 후 우리 가족은 단체 채팅방을 만들었다. 처음에는 단체 채팅방이 부담스러웠다. 채팅방에서 오가는 말에 아빠가 어떤 반응을 보일지 예상할 수 없었기 때문이다. 그런데 아빠는 내 예상과 달랐다. 아빠는 좋은 글귀나 노래도 자주 올리고 나뿐만 아니라 엄마와 동생에게도 다정한 말을 건넸다. 밥을 먹었는지 정도의 일상 안부는 물론 당신의 일과까지도 공유하면서 유대감을 높였다. 심지어 사랑한다는 말도 했다. 지금까지의 아빠와는 너무도 다른 모습이라 당황스러울 정도였다.

실제로 어느 날은 우울함에 싸여 하염없이 울던 중 아빠에게 전화를 걸었다. 내가 먼저 이런 일로 아빠에게 전화한 것은 거의 처음이었다. 전화해서 다짜고짜 울기 시작했다. 아빠는 침착하게 나를 달랬다. 그러고는 엄마를 보내 며칠을 나와 함께 있게 했다. 매일 괜찮은지 안부 전화도 잊지 않았다.

상담사와의 50분 상담보다 아빠와의 5분 통화가 더 큰 힘이 됐다. 밥은 먹었는지, 약은 시간 맞추어 먹었는지, 오늘 기분은 어떤지를 묻는 아빠의 안부가 나를 더 평온하게 만들었다. 이렇게 우울의 시기에 만난 다정한 아빠는 낯설기는 했지만 따뜻한 이불 같았다.

11월의 어느 날, 아빠는 여행을 제안했다. 가까운 곳이라도 함께 가고 싶다고 했다. 강원도는 멀어서 고민하다가 강화도를 다녀오기로 했다. 절에도 들를 겸해서 1박으로 결정했다. 휴대전화로 들리는 목소리에서 아빠가 얼마나 들떴는지 알 수 있었다.

9

1박 2일의 여행을 위해 준비에 들어갔다. 나는 충동적으로 여행을 떠나지 못하는 성격이다. 하루를 가더라도 동선을 미리 잡아놓아야 안심이 된다. 특히 초행길은 더 긴장해서 지도를 보며 위치를 파악해두어야 한다. 인터넷을 뒤지며 동선을 짜고 펜션을 예약했다. 주말이라 혹시 몰라 식당 예약까지 했다. 계획을 부모님에게 말하니 소풍 전날 밤의 아이처럼 기대에 부푼 것이 보였다.

우울증 환자에게 일상의 루틴을 벗어나는 것은 매우 버거운 일이다. 변화는 긴장을 불러일으키고 긴장은 불안을 가져온다. 나는 약을 먹고 크게 심호흡을 한 뒤 출발했다. 집에서 부모님 집까지 가는 것도 쉽지 않았지만, 부모님을 차에 모시고부터는 더 큰일이었다. 강화도는 대학교 때 MT 이후로 가본 적이 없는데, 운전까지 해서

힘을 낼 수 없는데 힘을 내라니

가야 하니 바짝 긴장했다. 아랫배가 묵직하게 당겼고 운전대를 잡은 손에서는 땀이 났다. 그런 상황에서 부모님과의 대화에도 맞장구를 쳐야 했다. 나의 혼돈을 모르는 두 분은 너무 즐거워했다.

무사히 첫 목적지인 전등사에 도착했다. 주차를 하고 나서야 숨을 쉴 수 있었다. 다리에 힘이 다 풀렸는데 오르막길을 올라가야 했다. 막막했지만 엄마를 붙잡고 한 발씩 나아갔다.

다행히 전등사는 주차장에서 멀지 않았고 사람도 많지 않았다. 한적한 경내를 돌아보다 보니 긴장감도 조금씩 가라앉았다. 서늘한 11월 공기에 땀이 식을 즈음 삼배를 드리러 대웅전으로 향했다.

사백년 전에 지어진 대웅전 안으로 들어서니 특유의 향 냄새에 안심이 되었다. 삼배를 한 뒤 가부좌를 틀고 앉아 기도했다. 기도라기보다는 그저 내 바람을 속으로 되뇌는 것이었다. 이 조울의 고리에서 빠져나갈 수 있게 도와달라고, 또 내가 앞으로 무엇을 하며 살아야 할지 깨닫게 해달라고 빌었다. 빌면서 부처님을 바라보는데 눈물이 흘렀다. 이런 기도를 하는 나 자신이 너무 초라했

269
쓰러진 나를 힘껏 안아주기 🐟

다. 옆에서 절을 하고 있는 엄마에게 들킬까 봐 얼른 눈물을 훔쳤다.

다음 날 여정은 석모도에 있는 보문사였다. 예전에는 배를 타고 가야 했지만 지금은 석모대교가 있어 차를 타고 갈 수 있다. 보문사는 상당히 규모가 있는 절로 마애석불 좌상이 유명했지만, 우리는 석실과 와불, 그리고 오백나한만 보기로 했다.

대웅전인 극락보전에 들어가 삼배를 드리면서 어제와 같은 기도를 했다. 지금 내 머릿속에는 이 상황을 벗어나고 싶다는 생각밖에 없었다. 벗어날 수만 있다면 삼배가 아니라 삼천 배라도 할 수 있을 것 같았다.

⟩

아마 부모님도 같은 소원을 빌지 않았을까? 딸이 건강을 되찾길, 다시 제자리로 돌아가길 염원하지 않았을까? 물어보지 않아도 알 것 같았다. 건강한 상태에서 함께 왔다면 가벼운 마음으로 여행을 즐길 수 있었을 텐데 들르는 곳마다 마음이 무거워지니 왠지 죄송했다. 자꾸 눈물

힘을 낼 수 없는데 힘을 내라니

이 나려고 했다.

토요일이라 차가 밀릴 것을 염려해 출발을 서둘렀다. 돌아오는 내내 부모님은 여행이 좋았다고 말했다. 또 함께 가고 싶다고 했다. 나는 조만간 다시 가까운 곳으로 다녀오자고 했다. 진심이었다. 부모님과 함께한 여행은 짧았지만 기대보다 훨씬 좋았다.

부모님을 내려드리고 집으로 돌아오는 길에 갑작스럽게 울음이 터졌다. 절에서 간절히 기도했던 초라한 내 모습이 떠오르면서 서러웠다. 유치하지만 부처님이 내 소원을 들어주었으면 좋겠다고 생각했다. 그래서 다음번에는 가벼운 마음으로 여행을 갈 수 있으면 얼마나 좋을까.

집에 도착하니 긴장이 풀리면서 온몸에 힘이 다 빠졌다. 씻지도 못하고 침대에 뻗어버렸다. 불안감이 한순간에 썰물 빠지듯 사라지면서 심박수가 잦아들었다. 확실히 1박 여행은 나에겐 조금 무리였던 것이다.

기억해보건대 부모님과의 여행은 중학교 이후 처음이다. 힘을 내야겠다고 생각했다. 앞으로 부모님과의 시간을 더 갖기 위해, 나의 제자리를 찾기 위해 그렇게 나와 부모님은 서로의 상처를 조금씩 달래고 있었다.

나를 달래주는
고양이들

일본의 소설가 무라카미 하루키의 에세이 걸작선 『장수 고양이의 비밀』에는 하루키의 고양이 이야기가 나온다. '뮤즈'라는 무려 스물한 살 된 고양이로 하루키가 일본을 잠시 떠나야 할 때, 출판사 부장에게 맡겼다고 한다. 돌봄의 대가로 장편소설 한 편을 약속했고 그렇게 나온 소설이 『노르웨이의 숲』이다. 고양이 나이가 스물한 살이면 사람 나이로 백 살을 넘긴 것인데 아직 식욕도 왕성하고 단것도 잘 먹는 등 건강하다고 한다.[25]

나에게도 고양이가 있다. 그것도 세 마리나. 원래는 네 마리였으나 가장 연장자였던 봉순이는 얼마 전에 노환으로 무지개다리를 건넜다. 봉순이는 내가 처음으로 길렀던 고양이로 새하얀 털에 파란 눈을 가진 터키시앙고라다. 이전 집주인에게 학대를 받고 쫓겨날 위기에서 내가 데려왔다. 대학원 때부터 키웠으니 세상을 떠날 때 나이가 못해도 열다섯 살은 되었을 것이다. 나름 고양이로서는 수명을 다한 셈이다. 어디 아픈 데 없이 평안히 세상을 떴으니 그것 또한 천만다행이었다.

지금 키우고 있는 고양이들의 이름은 각각 민식, 옹심, 춘심이다. 민식이는 뱅갈 고양이로 남편과 결혼 후 입양했다. 나는 고양이를 키운다면 품종묘를 가게에서 사지 않고 구조한 고양이나 유기묘, 혹은 파양당한 고양이를 키우겠다고 다짐했었다. 남편도 내 의견에 동의했고 키우기 전 고양이를 보고 싶다고 해서 충무로 애완동물 가게에 들렀다. 조건은 '고양이 절대 사지 않기'였다.

가게 안으로 들어서니 수많은 고양이가 케이지 안에 갇혀 있었다. 마음 같아서는 모두 데려오고 싶었다. 하나하나 보고 있는데 눈에 밟히는 고양이 한 마리가 있었다.

태어난 지 3개월이 다 되어가는 고양이였다. 내가 알기로 3개월이 넘어가면 상품 가치가 없어 다시 '고양이 공장'으로 돌아간다. 한눈에 보기에도 다른 애들에 비해 덩치가 컸다. 나는 사장님에게 그 고양이 나이를 물어봤다. 사장님은 약간 곤란한 듯한 표정을 지었다.

"걘 너무 커버려서요. 싸게 데려가세요. 화장실이랑 모래랑 다 드릴게요."

내 예상이 맞았다. 남편에게 상황을 설명했고 우린 그 자리에서 즉시 입양을 결정했다. 그렇게 데려온 고양이가 민식이다.

둘째 옹심이는 지인의 친구가 길에서 새끼 고양이를 구조하면서 인연이 되었다. 그 친구는 이미 두 마리의 고양이를 기르고 있었기에 구조한 새끼를 돌볼 수 없었다. 입양처를 알아보던 차에 나에게까지 연락이 온 것이다. 역시 고양이는 고양이를 부르는 법이다. 민식이를 혼자 두고 출근하는 것이 늘 마음에 걸렸는데 잘됐다 싶었다.

내게 온 고양이는 억울하게 생긴 여자아이였다. 난 귀

힘을 낼 수 없는데 힘을 내라니

여웠는데 남편은 못생겼다고 구박을 했다. 하지만 자랄수록 애교가 넘쳐흘러 남편이 가장 사랑하는 고양이가 되었다.

셋째 춘심이는 정말 운명처럼 찾아왔다. 주문한 고양이 사료가 늦어져 동네에 있는 애완동물 용품점으로 사료를 사러 갔을 때였다. 사장님과 몇몇 손님들이 웅성거리며 모여 있었다. 무슨 일인가 궁금해 그쪽으로 가서 물으니 어디선가 새끼 고양이 한 마리가 들어와서 상자 뒤에 숨었다고 했다. 그러고 보니 울음소리가 들려왔다. 사람들이 우왕좌왕할 때 나는 조심스레 상자를 하나씩 밀면서 안쪽으로 들어갔다. 벽에 가까이 가자 형체가 보였다. 딱 주먹 크기만 한 새끼 고양이였다.

도망갈까 봐 무서워 조심스레 손을 내밀었다. 새끼 고양이는 조금 고민하는 듯하더니 손 위로 올라왔다. 양손으로 감싸 품에 안으니 신기하게 울음을 멈추었다. 구조는 했으나 문제는 고양이의 거취였다. 다들 집에 강아지가 있거나 이미 키우는 동물이 있어 난색을 보였다. 나도 민식이와 옹심이가 있는 것은 마찬가지였지만 내 품에서 잠들어버린 새끼 고양이를 두고 올 수 없었다. 사장님에

쓰러진 나를 힘껏 안아주기

게 2주간 임시로 데리고 있을 테니 그동안 입양처를 알아봐달라고 요청했다.

집으로 데려온 새끼 고양이는 민식이와 옹심이와 잘 어울렸다. 보통 고양이 합사를 하면 하악질을 하는 등 극렬한 반응을 보이는데 이놈은 제집인 양 금방 적응했다. 일반적인 고양이 특성과 달리 사람하고도 금세 친해졌다. 내가 앉아 있으면 기를 쓰고 무릎 위로 올라와 자리를 잡았고 잘 때도 내 옆에서 잤다. 잠시만 맡을 것이니 이름도 없었는데 결국 이름을 지어주고 말았다. 2주만 데리고 있겠다던 약속이 무색하게 그놈은 여태 나와 함께 살고 있다.

우울에 빠지면 절망적인 생각이 끝도 없이 이어진다. 작게는 왜 날씨가 흐린가에서부터 심각하게는 죽음에 대한 생각까지 우울의 나선은 쉬지 않고 돌아간다. 부모님에서 동생, 남편, 친구들, 하물며 집에 있는 가구 걱정까지 파도처럼 몰려온다.

힘을 낼 수 없는데 힘을 내라니

고양이에 대한 걱정도 있다. 내가 죽으면 세 마리의 고양이는 어떻게 될까? 부모님이 맡아 기르게 될까? 남편이 기르게 될까? 고양이들은 나의 죽음을 알까?

이런 생각으로 멍하니 정신을 놓고 있으면 옹심이가 야옹대면서 내게 몸을 비빈다. 정신을 차리라는 듯 말이다. 곧이어 춘심이도 다가와 내 무릎에 뛰어올라 자리를 잡는다. 지금은 그런 생각을 할 때가 아니라 자신을 쓰다듬을 때라는 듯 말이다. 내가 우울에 빠져 허우적댈 때 세 마리의 고양이는 여러 번 나를 건져주었다. 물론 그들은 어떤 일을 했는지 잘 모르겠지만 눈물을 닦으면서 고양이의 엉덩이를 퉁퉁 두드리고, 목을 긁어주고, 등을 쓰다듬으면서 우울에서 빠져나온 것이 몇 번인지 모른다.

지금도 옹심이가 책상 위로 올라와 키보드를 밟으며 방해하고 있지만 나는 이것도 즐겁다. 민식이, 옹심이, 춘심이가 있는 한 난 아직 죽음을 생각할 때가 아니다. 어떻게 이들과 더 즐겁게 살아갈지를 생각해야 할 때다.

단발머리처럼
내 마음도 경쾌해졌으면

조울증 약은 사람을 들뜨지도 가라앉지도 않게 하기 때
문에 나는 겉으로 보기에는 평온해 보이지만 실은 의욕
이 전혀 없다. 하루하루가 무기력했다. 심할 때는 씻는
것도 힘들었다. 샤워는커녕 세수도 하지 않고 지나가는
날이 많았다. 아무런 이벤트도 감정도 없는 무미건조한
하루하루의 연속이었다.

  아침에 눈을 뜨면 침대에 누워 한참을 가만히 있었다.
한 시간이고 두 시간이고 그렇게 시간이 흘러가는 것을

  ❥ 힘을 낼 수 없는데 힘을 내라니

몸으로 느꼈다. 몸이 배기면 겨우 일어나서 물 한 모금을 마셨다. 먹고 싶은 것도 없고 먹고 싶은 마음도 없었다. 살아가는 것이 아닌 살아지고 있는 중이었다.

어느 날, 샤워하기로 결심했을 때는 화장실에 가기까지 한 시간이 넘게 걸렸다. 일어나 옷을 벗고 물을 틀고 머리를 감고 몸에 비누칠하고 씻어내고 머리를 말리는 모든 과정이 억겁과 같이 느껴져서 선뜻 일어서지 못했다. 소파에서 일어섰다 다시 앉기를 수차례 반복한 후에야 겨우 화장실로 갈 수 있었다.

샤워를 마치고 드라이기로 머리를 말리는데 무언가 반짝이는 것이 스쳤다. 흰머리였다. 왼쪽 정수리에 갈대처럼 흰머리가 잔뜩 나 있었다. 흰머리가 있는 것은 알고 있었지만, 그새 이만큼 자랐을 줄은 몰랐다. 이리저리 머리를 넘겨보면서 가슴이 철렁했다.

흰머리만이 문제가 아니었다. 머리끝은 다 상해서 가을걷이를 끝낸 지푸라기처럼 갈라져 있었다. 드라이기로 머리를 말릴수록 버석거렸다. 손으로 머리카락을 쓸어내리니 엉켜버린 머리카락에 손이 걸렸다. 상태가 너무 엉망진창이었다.

이대로 망가지는 것은 억울했다. 예전의 내 모습도 생각났다. 완벽까지는 아니어도 이렇게 흐트러진 모습은 아니었는데 어쩌다 이 지경이 되었는지 한심했다. 나는 급한 마음에 휴대전화를 들었다. 예전에 자주 가던 미용실을 검색해 전화를 걸었다. 당장 다음 날로 예약했다.

,

단지 미용실을 가는 것뿐인데 가슴이 쿵쾅거렸다. 집밖을 나가는 것이 너무 오랜만의 일이다. 화장대에 앉아 거울에 비친 나를 바라보았다. 방금 밭을 매고 온 여인처럼 얼굴이 거칠었다. 눈썹은 자라 있었고 피부는 버석해 보였다. 이대로 나갈 수 없었다. 나는 우선 제멋대로 자란 눈썹을 눈썹 칼로 깔끔히 정리했다. 그리고 로션을 바르고 간단한 화장을 했다. 파운데이션을 바르고 파우더로 피부 결을 잡았다. 내친김에 눈 화장도 했다. 아이라인과 아이섀도도 발랐다. 이제 좀 생기 있어 보였다.

미용실에 가서 염색을 하겠다는 것 말고는 아무 계획이 없었다. 파마를 해야 할지 컷을 해야 할지도 생각하지

힘을 낼 수 없는데 힘을 내라니

않은 상태였다. 관리하지 않은 초라한 머리를 디자이너에게 보이는 것도 부끄러웠다. 내 머리를 보면서 무슨 생각을 할까?

미용실에 도착해서 겉옷을 맡기고 잠시 기다리는 동안 어떻게 머리를 할지 고민했다. 그동안 꾸미는 것과는 담을 쌓아서 요즘 스타일이 무엇인지 전혀 몰랐다. 미용실 어시스턴트에게 헤어 샘플북을 가져다달라고 요청했다. 여러 번 넘겨봤지만 눈에 들어오는 것이 없었다. 그러다 문득 구석에 놓인 잡지의 표지 모델이 보였다. 경쾌한 단발머리였다. 생각해보니 나는 지금까지 단발머리를 해본 적이 없다. 이번 기회에 달라져보기로 했다.

디자이너는 단발머리를 반대했다. 지금 머리는 가슴까지 내려오는 긴 머리인데 표지 모델대로 하려면 상당히 많이 잘라내야 한다며 걱정했다. 그러나 나는 잡지를 들이밀며 이대로 해달라고 말했다. 긴 머리가 잘려나갈 것을 생각하니 심장이 두근거렸다. 괜히 단발머리를 하겠다고 우겼나 후회도 됐지만, 나에겐 변화가 필요했다.

디자이너는 머리를 서걱서걱 잘랐다. 꽤 긴 길이의 머리카락이 땅에 떨어졌다. 4년간의 어둠이 잘려나가는 것 같아 기분이 묘했다. 감았던 눈을 뜨니 생뚱한 단발머리의 내가 앉아 있었다. 낯설었지만 나쁘지 않았다. 산뜻한 느낌마저 들었다. 아직은 삐죽한 단발머리였지만 이것만으로도 아줌마에서 소녀가 된 듯이 마음이 가벼웠다.

이어서 반곱슬인 머리를 수습하기 위해 파마를 하기로 했다. 디자이너가 곱슬곱슬한 머리를 한 움큼씩 잡고 펴 나갈 때마다 마음이 안정되었다. 내 마음이 머리카락처럼 정돈되는 느낌이었다. 머리숱이 많아 시간이 꽤 걸렸지만 개의치 않았다. 평소 같았으면 지루했을 이 시간이 오히려 흥미로웠다. 곱슬곱슬한 머리가 반듯하게 펴지는 모습을 보면서 내 마음을 수습하고 있었다.

파마가 완성되었다. 거울 속의 나는 완전히 다른 사람이었다. 조금 전까지는 부석거리는 머리를 겨우 올려 묶은 아줌마였는데 지금은 찰랑대는 단발머리의 아가씨였다. 머리 하나로 사람이 이렇게 변할 수 있다니 신기했다. 마무리하고 일어나면서 디자이너에게 연거푸 고맙다

힘을 낼 수 없는데 힘을 내라니

고 인사했다.

미용실 문을 나서는 나는 자신감이 가득했다. 누가 봐 주었으면 좋겠다는 생각도 들었다. 이대로 차를 몰고 집으로 가야 하는 것이 아쉬울 지경이었다. 나온 김에 백화점 쇼핑이라도 가고 싶었다. 이 단발머리를 누군가에게 보이고 싶었다. 내가 이렇게 달라졌다고 말하고 싶었다. 평소라면 절대 찍지 않을 셀카를 찍어 페이스북에 올리고 남편에게도 보내 머리를 잘랐다고 자랑했다.

집으로 돌아온 난 여전히 들뜬 마음을 주체하지 못하고 있었다. 화장도 지우지 않고 계속 거울을 보며 달라진 나를 만끽했다. 아침의 나와는 너무도 다른 모습의 내가 신기했다.

'그래, 이렇게 하나씩 달라져 나가야지, 이 망할 조울증에 매여 있을 수는 없지.'

경쾌한 단발머리로 변한 것처럼 나에게 거추장스럽게 매달려 있는 조울의 찌꺼기들을 하나씩 떼어내겠다고 결심했다.

참고문헌

1 『죽고 싶은 사람은 없다』, 임세원, 알에이치코리아, 2021, pp.39-40

2 『한낮의 우울』, 앤드루 솔로몬, 민음사, 2021, p.98

3 『당신의 특별한 우울』, 린다 개스크, 윌북, 2020, p.20

4 『아무것도 할 수 없었던 그때, 나를 치유해준 말 한마디』, 전문우, 시간과 공간사, 2018, p.48

5 『우울증의 인지치료』, 아론 벡, 학지사, 2001, p.141

6 앞의 책, 2001, p.147

7 앞의 책, 2001, pp.16-17

8 『정신병을 만드는 사람들』, 앨런 프랜시스, 사이언스북스, 2014, pp.339-340

9 앞의 책, p.344

10 『고마워, 우울증』, 미야지마 겐야, 비타북스, 2014, p.91

11 『소중한 사람에게 우울증이 찾아왔습니다』, 휘프 바위선, 을유문화사, 2020, p.83

12 『변신』, 프란츠 카프카, 소담, 2002, p.11

13 앞의 책, p.76

14 『우울증의 인지치료』, 아론 벡, 학지사, 2001, p.70

15 『합리적 정서행동치료』, 앨버트 엘리스, 학지사, 2007, pp.51-52

16 『착한 딸 콤플렉스』, 하인즈 피터 로어, 레드박스, 2009, pp.94-95

17 『트라우마와 몸』, 팻 오그덴 외, 학지사, 2019, p.37

18 『정신분석적 진단』, 낸시 맥윌리엄스, 학지사, 2018, p.331

19 『나를 돌보지 않는 나에게』, 정여울, 김영사, 2019, p.92

20 『고마워, 우울증』, 미야자마 겐야, 비타북스, 2014, p.63

21 『한낮의 우울』, 앤드루 솔로몬, 민음사, 2021, pp.406-409

22 『우울할 땐 뇌과학』, 앨릭스 코브, 심심, 2018, pp.147-148

23 『아무것도 할 수 없었던 그때, 나를 치유해준 말 한마디』, 전문우, 시간과 공간사, 2018, p.195

24 『우울증의 인지치료』, 아론 벡, 학지사, 2001, p.33

25 『장수 고양이의 비밀』, 무라카미 하루키, 문학동네, 2019, p.92

힘을 낼 수 없는데 힘을 내라니

1판 1쇄 발행 2022년 11월 28일
1판 2쇄 발행 2023년 1월 10일

발행인 박명곤 **CEO** 박지성 **CFO** 김영은
기획편집 채대광, 김준원, 박일귀, 이승미, 이은빈, 이지은, 성도원
디자인 구경표, 임지선
마케팅 임우열, 김은지, 이호, 최고은
펴낸곳 (주)현대지성
출판등록 제406-2014-000124호
전화 070-7791-2136 **팩스** 0303-3444-2136
주소 서울시 강서구 마곡중앙6로 40, 장흥빌딩 10층
홈페이지 www.hdjisung.com **이메일** main@hdjisung.com
제작처 영신사

© 고태희 2022

> "Inspiring Contents"
> 현대지성은 여러분의 의견 하나하나를 소중히 받고 있습니다.
> 원고 투고, 오탈자 제보, 제휴 제안은 main@hdjisung.com으로 보내 주세요.